藤原俊成

Hujiwara Shunzei

渡邉裕美子

コレクション日本歌人選063
Collected Works of Japanese Poets

笠間書院

『藤原俊成』——目次

凡例

一、本書には、藤原俊成の歌五〇首を載せた。

一、本書では、俊成が生きた中世という時代に歌ことばがどのような広がりを持っていたかを解説することに重点をおいた。

一、本書は、次の項目からなる。「作品本文」「出典」「口語訳」「鑑賞」「脚注」「歌人略伝」「略年譜」「解説」「読書案内」。

一、テキスト本文と歌番号は、私家集は新編私家集大成に、それ以外は主として新編国歌大観に拠り、適宜清濁を分かち漢字をあてるなどして読みやすくした。

一、鑑賞は、基本的には一首につき見開き二頁を当てたが、多くの解説が必要な歌には四頁を当てた。

藤原俊成

01

春の夜《よ》は軒端《のきば》の梅《むめ》を洩《も》る月の光も薫る心地《ここち》こそすれ

【出典】千載集*・春上・二四

軒近くに咲く梅の花を通して月の光が洩れてくる。そんな春の夜は光までも薫るような気持ちがすることだなあ。

梅の花が薫る時節になると、まだ肌寒くても、ああ春が来たのだなあと実感される。梅は古くに中国から渡来した植物で、日本では特に香りが愛された。『古今集』（春上）には、こんな読人不知《よみびとしらず》の歌がある。

色よりも香《か》こそあはれと思ほゆれ誰《た》が袖ふれし宿の梅ぞも*

梅の香りは、誰かの――もちろん異性、まだ見ぬ恋人でもよい――の袖の香りを思わせるものなのである。また、撰者の一人凡河内躬恒《おおしこうちのみつね》は、

*千載集――俊成撰の七番目の勅撰集。↓解説

*色よりも……――その色よりも香りに惹かれることだなあ。この家の梅は、いったい誰の袖が触れてそんなふうに薫るのだろうか、の意。「色」（視覚的な美しさ）よ

*春の夜の闇はあやなし梅の花色こそ見えね香《か》やは隠るる

と歌っている。躬恒はわざわざ「闇夜」を選んで、梅の香り高さを強調しているのだ。逆に「月夜」の梅の花を詠む躬恒の歌もすぐ前に並んでいる。

*月夜にはそれとも見えず梅の花香《か》を尋ねてぞ知るべかりける

月光の色のイメージは白、そして梅の花のイメージも基本的に白。俊成の掲出歌は「*梅」を詠む題詠歌だが、この躬恒の歌と同じように二つを重ねている。しかし、視点の置き方に違いがある。躬恒の歌の視点は、少し離れて梅を眺めている人にあるのだろう。一方、俊成歌はずっと梅に近寄って、軒先で梅の花を下から見上げている人に視点がある。春の夜の月光が透ける梅の花は、朧ろに白く輝きながら香りを放っている。そして花びらの間から洩れて射し込む柔らかな月光まで薫っているかのよう。その香りは誰かの袖の香りを思い起こさせるものなのだ。*歌の中の〈わたし〉は、そんな梅の香と月光に包まれて幻想的な世界に引き込まれ、陶然《とうぜん》としている。

視覚と嗅覚を交差させる「光も薫る」という、これまで誰も使ったことのない共感覚的表現がこの歌の眼目だろう。さらに「光も」の「も」一語で、梅の花が薫ると直接言わずに、芳香を放っていることを表しているのだ。

りも「香」の優位を言う。

*春の夜の……―春の夜の闇はわけのわからないものだ。闇に包まれて梅の花の美しさは見えないけれど、香りは隠せないよ。

*月夜には……―月夜には白い光にまぎれて、梅の花はどこにあるのかわからない。香りを頼りに訪ねて、ありかを知ることができるのだ、の意。明るい月夜なのに梅の花が見えないという機知がポイント。

*「梅」を詠む……―『千載集』詞書は「題知らず」だが、『保延のころほひ』（→解説）詞書は「梅の歌とて詠み侍りける」。

*歌の中の〈わたし〉―題詠では、歌の中の主人公とも言うべき〈わたし〉が仮構されている。この〈わたし〉は、原則的に生身の作者とは区別される。→解説

02

面影に花の姿を先立てて幾重《いくへ》越え来《き》ぬ峰の白雲《しらくも》

【出典】新勅撰集・春上・五七

面影として浮かんだ桜の花の姿に導かれて、いったいいくつの峰を越えてきてしまったのだろう。花かと見まごう白雲が山の峰にかかっている。

現代ポップスの桜の歌には「名曲」とされる歌が多いが、その源《みなもと》は『古今集』にまでさかのぼることができる。撰者の一人躬恒の歌を挙げてみよう。

*咲かざらむ物とはなしに桜花面影にのみまだき見ゆらん
（拾遺集・雑春）

*いつのまに散りはてぬらん桜花面影にのみ色を見せつつ
（後撰集・春下）

【語釈】○先立てて―先に行かせて。ここでは桜の「面影」に導かれることを言う。「立て」は「面影」の縁語。

*咲かざらむ…――いつまでも咲かないというものではないのに、早くも桜の花は面影にばかり見えることだ。

咲く前にも、散ってしまってからも桜を「面影」に見ることを歌っている。いま、ここにない桜の幻影を見るほど、桜への憧れは強いのだ。

俊成の掲出歌は、「遠尋山花*」という題で詠まれた歌である。山の峰を遠く眺めやると、桜が満開のよう。桜の面影に導かれて尋ねてみると、実はそれは白雲だった。落胆しつつも前に眼を遣ると、また先の峰には白雲がかかっている。桜かもしれないと思うと、やはり尋ねずにはいられない。何度も何度もこれを繰り返して、いったいいくつの峰を越えてきてしまったのだろう。峰にあるのは、花に見まごう白雲か、白雲に見まごう花か。〈わたし〉は、桜の幻影を追い求めるうちに、非現実の世界に迷い込んでしまったかのようだ。憧れの対象の桜は、何だか人めいていると感じないだろうか。そう感じさせるのは、「面影」や「花の姿」という表現だろう。

俊成と同時代を生きた歌僧の*俊恵《しゅんえ》は、俊成を訪ねて、「世間ではこの歌があなたの代表歌だと言っていますが、あなた自身はどう思いますか」と詰め寄っている。俊成が自身の代表歌として挙げたのは別の歌*で、掲出歌には一顧だにしていない（*無名抄《むみょうしょう》）。しかし、この歌、世評が高かったことが納得される、浪漫的で、美しい歌ではないだろうか。

＊いつのまに……―桜の花はいつの間にすっかり散ってしまったのだろうか。面影にだけは、その美しさをいつまでも見せているよ。

＊遠尋山花―遠くまで山の桜を尋ねる、の意。俊成二〇代後半、摂政藤原忠通の近衛殿に崇徳院の御幸があった折の歌会での作。

＊俊恵―一一一三〜九四以前。源俊頼の息子。祖父は大納言経信。多くの歌人が集う歌林苑《かりんえん》を主催。俊恵にも「いかにせん山の青葉になるまに遠ざかり行く花の姿を」（林葉集）という青葉の中で「花の姿」を恋う歌がある。

＊別の歌―→11番歌

＊無名抄―鴨長明著。歌学・歌論書。一三世紀初成立。長明は俊恵の和歌の弟子。

03

み吉野の花の盛りを今日見れば越《こし》の白嶺《しらね》に春風ぞ吹く

【出典】千載集・春上・七六

吉野の花盛りを今日見てみたら、まるで越の白嶺に春風が吹いているみたいだ。

俊成が五〇代後半に主催*した歌会で、「花」題で詠まれた歌。

第四句の「越の白嶺」とは、越前の白山のことで、雪深い地として名高い。

　年深く*降り積む雪を見る時ぞ越の白嶺に住む心地する

（後撰集・冬・読人不知）

都人にとっては遙か彼方の幻想の地でもある。この俊成歌は、〈全山花盛りの吉野〉を、〈雪が降り積もった白山〉という幻想の地に見立てているので

*主催した歌会―俊成家十首会。

*年深く……―一年の終わり近くになって降り積もる雪を見ていると、越の白嶺に住んでいるような気持ちがすることだなあ。

ある。王朝和歌の世界では、大和の「吉野」の景を、*越前の「越の白嶺」に見立てるというような詠み方は、ふつうはしない。大和と越前の名所を結び付けてしまうというのは、かなり意表を突いた詠みぶりと言っていい。しかし、それを結句《けつく》の「春風ぞ吹く」がうまく受け止めている。

さらに、遠望する山に咲き誇る桜は、古来「雪」よりも「白雲」に見立てられることが多い。俊成の代表歌として当時名高かった前歌（02番歌）がそうだ。「吉野」を詠む歌としては、たとえば『詞花集《しかしゅう》』に次のような歌がある。

*白雲と見ゆるにしるしみ吉野の吉野の山の花盛りかも

（春・大江匡房）

こうした歌を知っている人は、花盛りを今日見たけれど、そこに「白雲」はなかった、という含みを、この俊成の歌から感じ取ることもできただろう。

また、花が散るさまを「雪」に見立てる歌は多いのだが、咲いている花を「雪」に見立てる例はそれほど多くない。ところが、「吉野山」に限って言えば、花が咲くさまを「雪」に見立てる「*み吉野の山辺に咲ける桜花雪かとのみぞあやまたれける」のような歌が『古今集』からある。この見立ては、雪深い「吉野」だからこそ成り立っているのである。

*越前の……どこと限定しなければ、花盛りの山を「越の白嶺」にたとえる「桜咲く春の山辺は雪消えぬ越の白嶺の心地こそすれ」（若狭守通宗朝臣女子達歌合）のような歌がある。

*白雲と……遠くから見ると白雲がかかっているように見える吉野山。それではっきりとわかる。吉野山は花盛りなのだ。

*み吉野の……吉野山のあたりに咲いている桜の花は、まるで雪か見まごうほどだ、の意。春上・紀友則。

【補説】一二世紀に成立した歌学書『俊頼髄脳《としよりずいのう》』は、見立ての代表例として、「桜を白雲に寄せ、散る花をば雪にたぐへ」と述べている。

04

またや見む交野《かたの》の御野《みの》の桜狩り花の雪散る春の曙《あけぼの》

【出典】新古今集・春下・一一四

また見ることがあるだろうか。交野の御野の桜狩りで、花が雪のように散る春の曙の、この美しい情景を。

【語釈】○交野の御野―河内国の歌枕。現在の大阪府交野市・枚方市付近。皇室の狩り場があったので「御野《みの》」と言う。掲出歌では、古代、嵯峨天皇が二月の花盛りの時期にしばしば遊猟と詩宴を行なったことも意識されている。

春*の歌として詠まれた題詠歌《だいえいか》。俊成が一首の舞台として選択した「交野」は『伊勢物語』八二段に登場する歌枕である。物語では、交野の渚の院で、惟喬親王《これたかのみこ》と親しい臣下たちが、狩りもそこそこに、美しい桜の木のもとで宴を催す。俊成は、この『伊勢』の章段を背景としながら、時間帯を夜がほのぼのと明ける「曙」の頃に移している。

「桜狩り」は、紅葉狩りと同じように桜を尋ね求めることを言う歌ことばである。ところが、*当時はさまざまな異説あって、「さ＋暗がり」で「暗くなって」の意味だというような珍妙な説も唱《とな》えられていた。*それを正したいという思いもあって、この歌を詠んだのだ、と俊成自身が語っている。

しかし、この歌でもっとも印象的なのは「花の雪散る」という表現だろう。後に*この句の使用は制限されるほどである。俊成は掲出歌の四年程前に、

*またもなほ人に見せばやみ狩りする交野の原の雪のあしたを

（文治六年女御入内《にょうごじゅだい》和歌・「鷹狩」）

と詠んでいる。この〈雪の鷹狩り〉と〈春の桜狩り〉の情景が交差するところに、「花の雪散る」という表現は生まれたのだと思われる。『伊勢』では「狩り」もしているが、俊成の掲出歌では「狩り」の実態はなくて、雪の頃の狩りが歌の背景にイメージとして浮かぶように生かされている。

掲出歌を詠んだ時、俊成八二歳。それを知ると、*初句《しょく》「またや見む」では、単に情景の美しさが強調されるだけでなく、鑑賞者は現実の俊成の老いの姿を意識する。老境にいたって、これだけ耽美的で華麗な歌が詠めることに、まず驚かされるが、むしろ、だからこそ詠めたと言えるのかもしれない。*俊成にとってかなりの自信作、定家も父の代表作と考えた歌である。

*春の歌……建久六年（一一九五）の藤原良経主催の五首歌会での作。

*当時は……顕昭著『袖中抄《しゅうちゅうしょう》』が諸説を挙げる。

*それを……『慈鎮和尚自歌《じちんかしょうじか》合《あわせ》』「小比叡」三番判詞。

*この句の……俊成孫の為家著『詠歌一体《えいがのいってい》』で制詞。

*またもなほ……またやはり人に見せたいものだ。御狩りをする交野の原の美しい雪の朝の情景を。

*初句「またや見む」……狩りと落花への愛惜と老いの嘆きは、既に漢詩の世界で結びついており、俊成歌の発想源となっている（渡部泰明・一九九九）。

*俊成にとって……『慈鎮和尚自歌合』で、「少しはよろしきにや」と発言。定家は『近代秀歌』（流布本→16番歌）で俊成代表歌七首のうちの一首とする。

05

紫の根はふ横野の壺すみれ真袖《まそで》に摘まむ色もむつまし

【出典】長秋詠藻

紫草が根を張る横野に咲く壺すみれを両袖いっぱいに摘もう。その紫の花の色も慕わしいから。

『*久安《きゅうあん》百首』で春の歌として詠まれた一首。「壺すみれ」は『万葉集』で歌われたのが早く、『枕草子』の「草の花は」の段に見えるが、勅撰集に入る例は多くはない。そんな中、俊成が後に『千載集』（春下）に二首並べて「壺すみれ」の歌を入れているのは目立つ。「壺すみれ」のイメージは、春の野に出掛けて摘む花、また、荒廃した庭にひっそりと咲く花、というもので、「すみれ」とほぼ同じ。だが、俊成は、どこかこの万葉由来の「壺すみれ」とい

【語釈】○紫―紫草。ムラサキ科の多年草。根が紫色の染料となった。○横野―上野国の歌枕。○壺すみれ―スミレ科の多年草。タチツボスミレのことも。『万葉集』では「ツホスミレ」。

*久安百首―崇徳院が主催した百首歌。久安六年（一一五〇）

う花の名に心惹かれていたのだろう。
　掲出歌は、「壺すみれ」の「色もむつまし」、つまり、その色が慕わしいと詠んでいる。「壺すみれ」は、

　*浅茅生《あさぢふ》や荒れたる宿の壺すみれ誰《たれ》紫の色に染めけん
　　　　（堀河百首・春「菫菜」・藤原顕仲）

と詠まれているように、その色は歌の世界では「紫」。なぜその色が慕わしいかと言えば、壺すみれが生えている「横野」が「紫の根はふ」、つまり紫草が根を張っている野だからである。*紫草は古くから愛されており、たった一本生えているだけで、その野の草はすべて慕わしいものになった。
　その「紫の根はふ横野」という表現も、『万葉集』（巻十）の作者未詳歌、

　*紫草《むらさき》の根延《ば》ふ横野の春野には君をかけつつ鶯鳴くも

に拠っている。この万葉歌は院政期の歌学書で取り上げられるが、実際に*「横野」を詠む歌はほとんどない。また、両袖を意味する「真袖」も万葉由来の珍しい歌ことば。こうした詞《ことば》の選択によって一首に統一感を持たせている。
　万葉由来の歌ことばをどう読みこなすか、ということは、当時の歌人たちの関心事の一つだったが、この歌はそれに取り組んだ意欲的な作なのである。

成立。俊成三七歳。俊成にとって初の公的な百首歌で記念碑的作品。完成後、俊成は歌題ごとの部類を命じられる栄誉を得た。↓解説

*浅茅生や……浅茅が生える荒れた住まいに咲く壺すみれ。いったい誰が紫色に染めたのだろうか。

*紫草は……「紫のひともとゆゑに武蔵野の草はみながらあはれとぞ見る」（古今集・雑上・読人不知）

*紫草の……紫草が根を張る横野、その春の野ではあなたを思って鶯が鳴いているよ。

*「横野」を……同時代に西行が「菫咲く横野の茅花《つばな》咲きぬれば思ひ思ひに人通ふなり」（山家集）と、菫の花が咲く横野を詠んでいて注意される。

06

駒《こま》とめてなほ水かはむ山吹の花の露そふ井手《ゐで》の玉川

【出典】新古今集・春下・一五九

馬を留めて、やはり水を飲ませることにしよう。山吹の花の露がしたたり落ちる井手の玉川で。

歌の中の〈わたし〉は、街道をゆく旅人だろうか。馬とともに井手の玉川にさしかかると、川縁《かわべり》には山吹が*梔子《くちなし》色に輝いて咲き誇り、滑らかで美しい水面に影を映している。山吹の花は露をいっぱいに含んでいて、その露が玉川に落ちて、玉川の水をさらに美しく特別なものにしている。

井手は、奈良と京都を結ぶ街道沿いにあり、古来、山吹と蛙（歌ことばでは「かはづ」）で知られる歌枕《うたまくら》である。そこを流れる玉川は、いわゆる*六玉《むたま》

【語釈】○花の露そふ―後世、歌に詠むことが制限された制詞（詠歌一体）。○井手の玉川―山城国の歌枕。現在の京都府綴喜郡井出町を流れて木津川に注ぐ。

＊梔子色―やや赤味を帯びた濃い黄色。

＊六玉川―歌枕の六カ所の玉

川《がわ》の一つだが、古くは「井手の川」や「井手の玉水」と詠まれていて、「井手の玉川」と詠むのは俊成に始まる。この歌は、*俊成晩年に春日社に奉納した百首のうちの一首で、題は「山吹」だった。

この俊成の歌には本歌《ほんか》がある。次の古今集歌（神遊びの歌）がそれだ。

*ささのくま檜隈川《ひのくまがは》に駒とめてしばし水かへ影をだに見む

本歌は、女が男にしばらくいてほしいと懇願する歌で、恋愛の気分を濃厚に漂わせている。また、『大和物語』には「井手」を舞台とした恋物語が見える。都の男が大和に下った際、井手で愛らしい少女を見つけ、将来を約束して帯を交換する。少女は忘れずに待ち続けた。掲出歌の一〇年以上前、「*右大臣家百首」で、俊成はこの物語を踏まえて「初逢恋」題の歌を詠んでいる。

*ときかへし井手の下帯ゆきめぐり逢ふ瀬うれしき玉川の水

（長秋詠藻）

こうした恋愛にまつわる背景が、掲出歌にも艶な気分を漂わせている。

一三世紀初め頃には、現実には井手のどこにも山吹は咲いていなかったという（*無名抄）。しかし、歌の世界では山吹は咲き続ける。俊成のこの歌も、そうした歌ことばの世界を支える歌となった。

川。井手以外は、三島・野路・高野・調布・野田。

＊俊成晩年に……文治六年（一一九〇）「五社百首」。

＊ささのくま……檜隈川でしばらく馬に水をやっておくれ、姿を見たいから、の意。「神遊びの歌」は神事で歌われた歌とされる。

＊右大臣家百首―右大臣藤原兼実主催。治承二年（一一七八）三月二〇日を初度として一〇回に分けて披講。俊成は途中で初めて兼実と対面し、合点を依頼され、百首を追加詠進。俊成にとって転換点となった催し。

＊ときかへし……玉川の水が流れる井手で、かつて解いた下帯をほどき直して、巡り巡って逢う機会に恵まれたのが嬉しい、の意。井手の「玉川」を詠むことには批判もあった（袖中抄）。

＊無名抄―→02番歌

07

誰《たれ》かまた花橘《はなたちばな》に思ひ出《い》でむ我も昔の人となりなば

【出典】新古今集・夏・二三八

花橘の香はわたしに昔の人を思い起こさせる。わたしも亡くなって昔の人となってしまったならば、誰か同じようにわたしのことを思い出してくれるだろうか。

「橘」の実は、古代、「常世《とこよ》の国」からもたらされたと考えられていた。初夏に咲く可憐な白い花と香りが古くから愛されて、平安時代以降は、その香りは昔懐かしい人を思い起こさせるものとなった。『古今集』（夏）の、

*さつき待つ花橘の香《か》をかげば昔の人の袖の香ぞする　（読人不知）

という歌が広く愛唱されたからである。「昔の人」とは、かつての恋人でも、

【語釈】○花橘―橘の花。初夏に白い花が咲く。

*さつき待つ…―五月を待って咲く花橘の香りを嗅ぐと、昔の人の袖の香りがす

今は亡き父や母でも、遠い昔の人でもよい。柑橘系の花橘の甘酸っぱい香りは、誰かを懐かしむという甘く切ない気持ちに似つかわしい。それがこの歌が愛された一つの理由だろう。

俊成の掲出歌は、この古今集歌を本歌として*詠まれた一首である。花橘の香に「昔の人」を偲んでいた〈わたし〉は、ふと未来のことを想像する。こんなふうに〈わたし〉も誰かに偲ばれる「昔の人」になれるかしら。「花橘」を主題として、その香にまとわりつく懐旧の情を匂い立たせ、そこに一抹の不安や寂しさを加えている。

俊成には、掲出歌と同じく『新古今集』（雑下）に入集《にっしゅう》した、

*行く末は我をも忍ぶ人やあらむ昔を思ふ心ならひに

という歌もある。こちらは、俊成が『千載集』の撰歌をしている時に昔の人々の歌を見て詠んだ一首。ふと心に浮かんだ思いなのだろう。この歌でも、亡き後に自分を偲んでくれる人はいるだろうか、と歌っている。詠まれた状況や主題は異なるが、どちらの歌にも、「誰かに偲ばれたい」という願いにも似た強い思いが見て取れる。人間の〈根源的な寂しさ〉が、掲出歌の隠された、もう一つの主題なのかもしれない。

ることだなあ、の意。『伊勢物語』六一段では、自分のもとを去った妻に向けて、「男」が詠んだ歌とする。

＊詠まれた一首――『新古今集』詞書は「題知らず」だが、『長秋詠藻』は「花橘を人々詠みけるに」、『俊成家集』は「花橘を見て詠みける」。

＊行く末は……――将来、わたしの歌を見て偲んでくれる人がいるだろうか。昔のことが懐かしく思われるという習い性からでもよいのだけれど。

08

山川《やまがは》の水の水上《みなかみ》たづね来て星かとぞ見る白菊の花

山中を流れる川の水上を尋ね求めて来て、輝いている星かと見えたのは、実は白菊の花が咲いていたのだ。

【出典】長秋詠藻

『久安百首』* で秋の歌として詠まれた一首で、俊成三〇代後半の作。眼前を流れる川の水上を尋ねて行きたい、というのは、誰もが一度は抱く欲求ではないだろうか。〈わたし〉は、何かに突き動かされるように川をさかのぼってみたのだろう。そうしたら星かと見まごう白菊が咲く場所にたどりついた。こう詠むのには、典拠がある。中国の* 「菊水《きくすい》」の故事がそれで、南陽酈《れき》県の山上に菊があり、そこから流れる谷水を飲むと長寿を保つと伝え

＊久安百首――→05番歌

＊中国の……――唐代初期に成立した『芸文類聚《げいもんるいじゅ》』などに見える故事。

られる。この故事は日本でも広く知られて、室町時代には謡曲の「菊慈童《きくじどう》」が生まれた。掲出歌の〈わたし〉がたどりついた場所は仙界なのである。

「菊」は仙界と縁が深く、『古今集』（秋下）には、菊の咲く山道を分け入って仙宮に至るさまを象《かたど》った*州浜《すはま》を見て詠まれた歌がある。

　*濡れて干す山路の菊の露のまにいつか千歳《ちとせ》を我はへにけむ　（素性）

仙界は、人間界とは時間の流れ方が違う、不思議な世界なのだ。

掲出歌の〈わたし〉が見た、星かと見まごう白菊の咲く情景も、この世ならぬ不思議な雰囲気をたたえている。「白菊」を「星」かと見誤ることを詠むのも中国の漢詩に学んでいて、早く『古今集』（秋下）に歌の例が見える。

　*久方の雲の上にて見る菊は天《あま》つ星とぞあやまたれける　（藤原敏行）

俊成が師と仰いだ*藤原基俊《もととし》も、次の歌を残している。

　*谷川の岸辺に立てる白菊を昼さへ星と思ひけるかな　（堀河百首・秋「菊」）

基俊歌の場合、昼に咲く白菊を夜の星に見立てる機知に重点がある。この歌と比べると、俊成歌が、川をさかのぼって仙界に至るという仕掛けを施した効果の大きさがわかるだろう。

*州浜—お祝いの飾り物。

*濡れて干す……—山路を歩んで菊の露に濡れた衣を干した。そのほんの少しの間に、いつわたしは千年も過ごしてしまったのだろうか。

*久方の……—雲の上（宮中）で見る菊は、天に輝く星かと見誤ってしまったよ、の意。宮中を仙宮になぞらえ、そこに咲く菊を「星」に見立てる。

*藤原基俊—一〇五六～一一四二。右大臣俊家の息子。俊成は基俊晩年の弟子。

*谷川の……—谷川の岸辺に立っている白菊を、昼なのに輝く星かと思ったことだよ。

09

聞く人ぞ涙は落つる帰る雁《かり》鳴きて行くなる曙《あけぼの》の空

【出典】新古今集・春上・五九

その声を聞く人は、どうしても涙が落ちてしまう。ほのぼのと明けてゆく曙の空のもと、北の国へ帰る雁が鳴きながら旅立ってゆく。

渡り鳥である雁は、秋に北の国からやって来て、春には帰って行く。秋に飛来した雁を「初雁《はつかり》」、春に飛び立つ雁を「帰雁《きがん》」と呼んで、古くから歌に詠むが、冬の間、留まっている雁はまず詠まれない。「雁」という鳥は、和歌の世界では、その哀切な鳴き声や連なって飛ぶ姿が、物悲しい秋の季節感や、春の別れの情緒と結び付けられて愛されてきたのだ。

雁を詠む美しい歌は多いが、その中でも『古今集』（秋上）の、

鳴きわたる雁の涙や落ちつらむ物思ふ宿の萩の上の露　（読人不知）

は印象深い一首だろう。物思いをする人の住まいに植えられた萩の上に露がきらめいている。これは、鳴きながら飛び渡って行く雁の涙が落ちたのだろうか、と想像した歌である。俊成の掲出歌は、この古今集歌を本歌として、*「頼輔家歌合《よりすけのいえのうたあわせ》」で「帰雁」題で詠まれた。なぜ初句で「聞く人ぞ」と強調しているかと言えば、涙を流しているのは「雁」ではない、その声を聞いている人なのだ、と本歌に反論したいからである。

また、本歌の古今集歌が秋の初雁を詠んでいたのを、春の「曙の空」の帰雁に変えている。「帰雁」と「曙」の組み合わせは、当時、新鮮なものだった。『新古今集』（春上）では、同じく「曙の空」を結句に置く*寂蓮《じゃくれん》の、

*今はとて田のむの雁もうちわびぬ朧ろ月夜の曙の空

と並べられている。また、定家にも次の例がある。

*秋霧をわけし雁金《かりがね》立ちかへり霞に消ゆる曙の空　（拾遺愚草《しゅういぐそう》）

この二首と比較すると、寂蓮や定家といった一世代若い歌人たちが叙景に徹して、人の気配をほとんど感じさせないのに対して、俊成歌は雁の声を聞いて涙する人を情感たっぷりに描いていることに気づかされる。

＊頼輔家歌合―嘉応元年（一一六九）の催し。俊成五五歳。

＊寂蓮―一一三九頃〜一二〇二以前。俗名定長。俊成甥で、俊成養子となる。承安二年（一一七二）頃出家。優れた歌人で御子左家《みこひだりけ》を支えるが、定家との間に軋轢もあった。後鳥羽院に高く評価され、『新古今集』撰者に任命されるも、完成前に没。

＊今はとて……―今はもう帰るべき時がきたというので、田の面にいる雁もつらそうに鳴いている。朧月夜の曙の空の下で。

＊秋霧を……―秋霧を分けてやって来た雁が春になって北国に帰る時を迎え、曙の空の霞の中に消えてゆく。

10　昔思ふ草の庵《いほり》の夜《よる》の雨に涙な添へそ山郭公《やまほととぎす》

雨が降りそそぐ夜の草庵で、昔を偲んで涙を流しているのに、そんなに鳴いてますます涙を流させないで、山郭公よ。

【出典】新古今集・夏・二〇一

この歌には漢詩句の典拠がある。白居易《はくきょい》の、

　＊蘭省《らんせい》の花の時錦帳《きんちょう》の下《もと》　盧山《ろさん》の雨の夜の草菴《そうあん》の中《うち》

がそれで、都で活躍する友人と、盧山の草庵に隠遁する自分を比べて、沈淪《ちんりん》する寂しさや悲しみを表している。『枕草子』には、＊藤原斉信《ただのぶ》から「蘭省の花の時錦帳の下」の続きを尋ねられた清少納言が、「草の庵を誰《たれ》かたづねむ」（草庵を訪れてくれる人などいません）と和歌の下句のように答えて称賛さ

【語釈】○山郭公―「郭公」は、カッコウより小型のホトトギス科の鳥。夏の代表的な景物。万葉時代から声が賞美された。「山郭公」は山にいる郭公のこと。

＊蘭省の……―君たちは今、花咲く時に当たって尚書省の錦のとばりの中に宿直して

れ、「草の庵」とあだ名までされたという自慢話が見える。*それだけこの二句は愛唱されていたのである。

さて、掲出歌は「*右大臣家百首」で「郭公」題で詠まれた一首。〈わたし〉が住む「草の庵」は、廬山のような山にあって、雨の夜、たったひとりで昔を思って涙している。昔は華々しく活躍していたのだろう。典拠が友人と自分の比較だったのに対して、華やかな過去と逼塞《ひっそく》する今の〈わたし〉の対比にずらしてある。そこに響く郭公の声。「郭公」は昔を思い出させるものである。第四句に詠まれる「涙」は、〈わたし〉のものでもあるし、「郭公」のものでもある。暗く奥深い歌の世界は、「幽玄様《よう》」とされた（*定家十体《ていかじってい》）。

俊成がこの歌を詠んだ時、六五歳。大病して官界を引退してから二年ほどしか経っていない。題詠であっても、そんな現実の俊成の声が重なって響いてくる。*後代、この歌は、寒い夜に煤《すす》けた浄衣《じょうえ》を着て、一人静かに桐火桶《きりひおけ》を抱いて詠んだ類《たぐ》いの歌だと、俊成自身が定家に語ったという説話が生まれた。*典拠となった詩句についても、後に、俊成が「心を高く澄ます」ために常に詠じていたと信じられた。そうした説話が生まれたのは、一つには、この俊成歌が人々の胸に深く刻まれたからだろう。

いることだろう。一方、わたしは雨降る夜、廬山の草庵で侘び住まいをしている。『和漢朗詠集』（雑「山家」）。

＊藤原斉信―九六七～一〇三五。太政大臣為光の息子。

＊それだけ……―『白氏文集』の中で「第一の句」とも言われた（江談抄）。

＊右大臣家百首―→06番歌

＊定家十体―定家撰か、定家仮託かと見解が分かれる歌学書。和歌の歌体を様式により「幽玄様」「長高様」等一〇種に分類し、秀歌例のみを提示する。

＊後代、この歌は……―『桐火桶』に見える。同本は定家に仮託された歌学書。冷泉家には、この説話に拠った明治時代の俊成像がある。

＊典拠となった……―『愚見抄』に見える。同本も定家仮託歌学書。

11

夕されば野辺の秋風身にしみて鶉《うづら》鳴くなり深草の里

【出典】千載集・秋上・二五九

夕暮れになると、野辺を吹きすぎる秋風が身にしみて、鶉が鳴いているよ。この草深い深草の里では。

あるとき*俊恵に、「あなた自身が一番の代表歌と思う歌はどれですか」と尋ねられて、*俊成が挙げたのがこの歌である。

俊成は、*別の機会に、この歌は『伊勢物語』一二三段を典拠として構想した、と記している。物語では、深草の里に住む女の許《もと》に通っていた男が、だんだん女に飽きてしまって、*自分が出ていったら、ここはいよいよ草深い野となるでしょうね、という歌を詠みかけた。女は、

【語釈】○鶉―キジ科の鳥。古くから狩猟の対象とされた。荒廃した土地で秋にわびしげに鳴くというイメージを持つ。○深草の里―山城国の歌枕。現在の京都市伏見区深草のあたり。

＊俊恵―→02番歌。俊恵が父俊頼の秀歌として認め、俊

野*とならば鶉となりて鳴きをらむかりにだにやは君は来《こ》ざらむ

とけなげに答える。女の歌を聞いた男は出ていこうという気がなくなってしまった、という話である。

掲出歌は秋の歌*として詠まれた。歌の中の〈わたし〉はこの『伊勢物語』の世界に入り込んでいる。そして、暮れていく空の下、深々と草が茂る荒涼とした深草の里で、秋風を「身にしみて」感じながら、悲しげに鳴く鶉の声を聴いている。この鶉は、ただの鶉ではない。男に飽きられ捨てられた〈女の化身〉なのだ。俊成歌の世界は、『伊勢物語』には語られなかった、もう一つの未来なのである。この鶉もまた秋風を「身にしみて」鳴いている。

第三句「身にしみて」が、〈わたし〉と「鶉」をつなぎ、『伊勢物語』の世界へ歌の鑑賞者を誘う上で重要な働きをしているのだが、俊恵はこの句のために歌が浅くなった、「身にしみて」と言わないでそう思わせるように詠むべきだ、と弟子の鴨長明に語っている（無名抄*）。俊恵は、そして俊恵の言葉を書き記す長明も、俊成の表現意図を真に理解できなかったのだろう。だが、俊成が開拓した新しい詠歌方法は、定家たち次代を担う新進歌人たちに大きな影響を与えることになった。

成も絶賛した秋の夕暮の鶉を詠む歌に、「鶉鳴く真野の入り江の浜風に尾花波寄る秋の夕暮」（金葉集）がある。

*俊成が挙げた……――歌論書『古来風体抄《こらいふうていしょう》』（→解説）の秀歌例に挙げた自身の歌もこの一首のみ。

*別の機会に……――『慈鎮和尚自歌合』「八王子」七番判詞。

*自分が……――「年を経て住みこし里を出でていなばいとど深草野とやなりなむ」

*野とならば……――ここが野原となったならば、わたしは鶉となって鳴いていましょう。もしかしたらあなたが仮そめにでも狩りにやって来るかもしれないから。

*秋の歌として……――『久安百首』（→05番歌）の作。

*無名抄――→02番歌

【補説】俊成自讃歌として著名で、さまざまな観点から論じられ続けている。

12

須磨の関有明《ありあけ》の空に鳴く千鳥かたぶく月はなれも悲しき

【出典】千載集・冬・四二五

須磨の関は、まだ月が残ってるのに空が明けかかっている。その空に千鳥が鳴きながら飛んでいく。千鳥よ、おまえも沈んでいく月が悲しいのか。

【語釈】○千鳥―チドリ科の鳥の総称。冬、海辺や河口に群れている小形の鳥。○なれ―おまえ。なんじ。目下の者や動物などに対して用いる歌語。

＊在原行平―八一八〜九三。平城天皇の孫。阿保親王の息子。業平の兄。

「須磨」は瀬戸内海に面し、摂津と播磨の国境に位置する。実は関所は平安前期には廃されているのだが、「須磨の関」は歌枕として詠み続けられた。関の実態よりも、そこを出れば自分たちとは隔絶した世界が広がっている、という感覚が当時の都人たちに共有されていることが重要なのである。

さらに、「須磨」の場合、在原行平《ゆきひら》*の歌がイメージの基底を形作った。行平は何かしら政治的な事情があって須磨に籠《こ》もらざるを得なくなり、

わくらばに問ふ人あらば須磨の浦に藻塩《もしほ》たれつつ侘《わ》ぶと答へよ
（古今集・雑下）

と詠んでいる。この歌によって「須磨」は、無実の罪で貴公子が沈淪する〈場〉となったのである。『源氏物語』で、都にいられなくなった光源氏が須磨に自ら退去するのも行平歌の影響による。そして、『源氏』より後は、行平歌に重ねて、須磨巻も大きな影響を及ぼすことになった。

俊成の歌は、まさしく『源氏』の世界を基盤としている。題*は「暁天千鳥」。『源氏』では、須磨で冬を迎えた光源氏は眠れない夜を過ごし、明け方に千鳥が鳴くのを聞いて、孤独を噛みしめつつ次の歌を詠む。

友*千鳥もろ声に鳴く暁はひとり寝覚めの床もたのもし

『源氏』のこの場面、月は夜更けに沈みきっている。一方、俊成歌は明け方を迎え、まだ空に残っていた下弦《かげん》の月が海に沈みかかっている情景とした。

また、『源氏』は「友千鳥」だが、俊成歌で鳴いている千鳥はたった一羽なのではないだろうか。冬空に澄んだ声で鳴く千鳥。その声は、月が波間に消えようとするのを悲しんでいるかのようだ。孤独な〈わたし〉は呼びかけずにはいられない。ああ、おまえも〈わたし〉と同じ気持ちなのか、と。

＊わくらばに……──たまたまわたしがどうしているかと尋ねる人があったなら、藻塩を採る須磨の浦で、泣く泣く侘び暮らしをしていると答えてください。

＊題は……──「実定家十首歌会」での作。俊成五一、二歳頃。

＊友千鳥……──友千鳥が声を合わせて鳴く暁は、一人で寝覚めているわたしまで友を得たように頼もしい。

13

石《いし》ばしる水の白玉《しらたま》数見えて清滝川《きよたきがは》に澄める月影

石の上をすべり落ちる白玉のような水しぶき、清滝川ではその一つ一つを数えられるくらいに、清らかな月が澄んだ光を投げかけている。

【出典】千載集・秋上・二八四

「清滝川」は、その名のとおり清流で、保津川に注ぎ込む。現在、亀岡から嵯峨嵐山までの保津川下りが楽しまれているが、俊成の尊敬する歌人の源*俊頼《としより》は、九月十三夜に大井川から逆に舟でさかのぼって、清滝川のあたりまで親しい人々と月見に出掛け、

　*紅葉散る清滝川に船出して名に流れたる月をこそ見れ　（散木奇歌集《さんぼくきかしゅう》）

と詠んでいる。現代ではそう意識されていないが、「清滝川」は平安時代初

【語釈】○石ばしる―『万葉集』では「イハバシル」で、「滝」「垂水《たるみ》」「近江」などの枕詞。掲出歌では、石の上を素速く移動するという視覚的イメージを生かしている。○清滝川―山城国の歌枕。京都の愛宕山の麓、高山寺や神護寺のある渓谷を流れ

め頃から「月」と強く結びついていた。俊成の歌もそうした流れの中にある。
掲出歌は、『千載集』に自撰されているので、俊成の自信作であったと言ってよい。『千載集』（雑上）には、「清滝川」の「月」を詠む歌がもう一首見える。俊頼の息子俊恵*の次の歌である。

*筏《いかだ》おろす清滝川に澄む月は棹にさはらぬ氷なりけり

俊恵の歌は、川面に映る「月」を「氷」に見立てて、月光の清冽さを強調している。筏師が、眼にしていても、触れて邪魔されることのない「氷」に棹さして、木材を輸送するために組まれた筏で、月明かりのもと川を下っていく、という大きな景を描いている。

それに対して、俊成の歌は、月光に煌《きら》めく水しぶきという、小さなものに焦点を当てている。清滝川は清らかなだけでなく、流れが速い。石に当たると水しぶきを立て、白玉のように煌めく水の玉が石の上をいくつもいくつもすべり落ちていく。「白玉」は白い宝石のこと。真珠を想像するとよいだろう。その一つ一つが、はっきりと見えている。水しぶきをそんなふうに見せているのは、秋の清らかな月光だった。

る。○澄める月影──「澄める」は「住める」の掛詞。出典の『久安百首』（→05番歌）や『千載集』では「月影」だが、俊成の家集（→解説）では「月かな」。「月かな」のほうが詠嘆調が強くなる。

＊源俊頼──一〇五五？〜一一二九以前。大納言経信の息子。白河院下命の五番目の勅撰集『金葉集』撰者となる。家集に『散木奇歌集』、歌学書に『俊頼髄脳』。

＊紅葉散る…──紅葉が散る清滝川に船出をして、名月と評判の九月十三夜の月を見ることだよ。

＊俊恵──→02番歌

＊筏おろす…──筏をくだす清滝川に澄む月光は、棹に触れることのない氷なのだ。

14

月清み都の秋を見渡せば千里《ちさと》に敷ける氷なりけり

【出典】長秋詠藻

月が清らかなので、秋の都を見渡すと、月光に照らされた千里に氷が敷きつめられていたよ。

秋の都を高いところから見渡してみる。上空には清らかな月が輝いていて、都のすみずみまで白い月の光が覆い尽くしている。まるで氷が敷きつめられているみたいだ、と思わず息をのむ。掲出歌は、そんなすべてを清らかな光で照らし出す月を讃《たた》えている。都を一望できる場所はどこなのか、などと詮索する必要はない。これは、心の眼で見ている景色なのだから。

この歌は、当時愛唱されていた次の漢詩句が発想源となっている。

*秦甸《しんでん》の一千余里　凛凛《りんりん》として氷鋪《し》けり

（和漢朗詠集・秋「十五夜付月」）

俊成の歌はこの秦の都の景を日本に移したのだ。さらに、『後拾遺集』の、

*山高み都の春を見渡せばただひとむらの霞なりけり（春上・大江正言）

を本歌とする。季節を本歌の春から秋に、景物を「霞」から「月」に替えながら、句の構成を本歌と同じにして、意図的に対照させようとしている。もちろん単純な季節や景物の入れ替えではない。本歌では、都が霞にすっぽりと覆い隠されてしまって、一塊《いっかい》の霞と化しているかのようだ。対して、俊成の掲出歌では、月光に照らされた都はどこまでも広がっていくように感じられる。

この歌は「*法勝寺《ほっしょうじ》十首会」での作である。俊成は五〇歳前後。主催者は藤*原成範《しげのり》で、僧俗を越えて歌好きの「好士」が集った。それから二〇年以上経って、俊成はこの歌を家集の『*保延《ほうえん》のころほひ』に入れる際に、いつの歌会かを明示している。その時、威容を誇った法勝寺は既に大地震で大半が倒壊し、成範は故人となっていた。俊成にとって思い出深い歌会だったのだろう。

*秦甸の……――十五夜の月光に照らし出されて、秦の都長安の郊外一千余里まで氷を敷きつめたようだ。

*山高み……――山が高いので、ここから春の都を見渡すと、ただ一かたまりの霞であったよ。

*法勝寺十首会――一一六〇～六五頃の開催。

*藤原成範――一一三五～八七。信西の息子。平治の乱で配流されたが、間もなく許された。十首会の主催は都に召還後のこと。

*『保延のころほひ』に……――→解説。詞書「二条院御時、法勝寺にて人々十首歌詠みける時の、月歌」。

15

月冴《さ》ゆる氷の上に霰《あられ》降り心くだくる玉川の里

【出典】千載集・冬・四四三

月が冴え冴えと照らす氷の上に、霰が降って砕け散った。わたしの心も砕けるようだ。この玉川の里で。

秋の月があたりを照らすさまは、前歌（14番歌）のようによく氷にたとえられるが、掲出歌*が詠むのは冬の月で、冷たい氷の上に実際に光を降りそそいでいる情景である。そこに霰が降りかかる。現実には、霰が降るような天候なら、空に月が輝くはずはない。「月」「氷」「霰」と、白く輝くもの、冷たくて硬質なものを畳みかけるように重ねて、幻想的な景を作り上げているのだ。「霰」は、『万葉集』の時代から、孤独感をつのらせるものとして、また、

【語釈】○くだくる―「心が砕ける」と「霰が砕ける」の掛詞で、「玉」の縁語。

＊掲出歌―『久安百首』（↓05番歌）の冬の歌。

玉のように美しいものとして歌われていて、この歌でもその伝統は生かされている。また、『枕草子』は「時雨、霰は、板屋」と、板屋に降って寂しげな音を立てることに美しさを見出している。時代が下ると、霰の降る音に惹かれる傾向はますます強まるので、俊成の掲出歌でも、氷に降りかかって砕け散った霰は、やはりぱらぱらと音を立てているのだろう。

さらに、俊成はこれを「玉川の里」の情景とする。玉川里は、卯の花で名高い摂津が著名だが、後世、六玉川*と呼ばれるように、他国にも玉川はあって、掲出歌がどの国を歌っているのか判然としない。だが、それはさして問題ではない。玉川里の「玉」は「砕く」と縁語関係を結び、「月」「氷」「霰」と響き合って、ますます世界を白く冷たくしていることが重要なのだ。俊成歌は、玉川里の「月」を詠んだとても早い例である。後に『建保名所百首』*は陸奥《みちのく》の名所として「玉川里」を取り上げて、数名の歌人が*「月」を詠んでいるが、それはこの俊成歌の影響だろう。

俊恵*はこの歌を評して、あまりに作為が目立ち過ぎると非難している（無名抄*）。しかし、霰が砕け散るさまを、そのまま〈わたし〉の心の風景と重ねる俊成歌を、単に技巧に走った歌として切り捨てられないように思う。

＊六玉川――→06番歌

＊建保名所百首―順徳天皇主催。名所による組題百首。建保三年（一二一五）成立。

＊数名の歌人が……―たとえば、俊成卿女は「光さす里を尋ねてすむ月の影をみがける玉河の里」と詠む。

＊俊恵――→02番歌。俊恵の発言は同時代の評として重要（渡部泰明・一九九九）。俊成の表現方法はそれだけ斬新だった。

＊無名抄――→02番歌

【補説】部類本『久安百首』では初句が「冴ゆる夜の」となっていて、「月」が消えている（小山順子・二〇一七）。

16

住み侘《わ》びて身を隠すべき山里にあまり隈《くま》なき夜半《よは》の月かな

【出典】千載集・雑上・九八八

この世で暮らしていくことがつらくなって、身を隠せるはずの山里なのに、夜中の月はあまりにも隅々まで澄んだ光で照らしていることだなあ。

【語釈】○住み侘びて―住むのがつらくなって。「住み」に「澄み」が掛かって、「月」の縁語。

日々の生活、人とのつきあい、そうしたものに倦んだ時、当時の人々は「山」での暮らしを夢想した。『古今集』（雑下）には、

*み吉野の山のあなたに宿もがな世の憂き時の隠れ家にせむ（読人不知）

という歌がある。この歌では、一時のアジールとして吉野山の奥に隠れ家を求めているように詠めるが、『伊勢物語』五九段の、

*住み侘びぬ今は限りと山里に身を隠すべき宿もとめてむ

*み吉野の……―山深い吉野の、さらにその山の向こうに住まいがほしいなあ。この俗世がつらい時の隠れ家

は、さらに、すっぱりと俗世とのつながりを切ってしまおうと歌う。

掲出歌はこの『伊勢』の歌を本歌として、本歌の続きの物語を歌にする。さて、実際に山里に来てみたら、月が澄んだ光を投げかけて、すべてを皎々《こうこう》と照らしている。身を隠そうとして山里にやって来た〈わたし〉は、居心地が悪くなる。でも、その一方で、月を素晴らしいものとして讃嘆せずにはいられない。俊成が若い頃に歌を学んだ*藤原基俊によく似た発想の歌がある。

　*つま木こる隠れ家にする山里にいかでか月のたづね来《き》つらん

（堀河百首・雑「山家」）

掲出歌は、この基俊歌の影響を受けているのだろう。内容としては『百人一首』に入る俊成の「世の中よ」の歌（39番歌）と共通するところがあって、定家は『*近代秀歌』（流布本）に父の秀歌として*二首を並べている。

俊成自身がこの歌を収めた『長秋詠藻』や『俊成家集』では、俊成家の月五首の歌会で「*山居月」題で詠んだとある。これが実情だろう。ところが、後に編んだ家集『保延のころほひ』では、歌会詠であるとは記さず、なぜか「山家にて」詠んだ月の歌だとしている。俊成は〈わたし〉を演じてみたくなったのかもしれない。

にしよう。

*住み侘びぬ……――ここで暮らすのがつらくなった。今はもうこの俗世を去って、山里に身を隠す住まいを探そう、の意。『後撰集』（雑一）では作者業平。第四句「つま木こるべき」。

*藤原基俊――→08番歌

*つま木こる……――薪を刈って隠れ家にして過ごしている山里に、どうやって月は訪ねてきたのだろう、の意。『後撰集』の業平歌が本歌。

*近代秀歌――定家著の歌論書。承元三年（一二〇九）に源実朝に送った初撰本、加筆した流布本、後年大きく改訂した自筆本がある。

*二首を並べて――『桐火桶』（→10番歌）も同じ。

*山居月――『千載集』詞書では「山家月」題。

17

思ひきや別れし秋にめぐり逢ひてまたもこの世の月を見むとは

【出典】新古今集・雑上・一五三一

そうできると思っただろうか。思いもしなかった。これが最後と思って別れを告げた秋に巡りあって、ふたたびこの世の月を見ることになろうとは。

安元二年（一一七六）、俊成は九月二〇日頃から体調を崩し、二七、八日には死を覚悟する状況となって出家。六三歳であった。その折、親しかった藤原実定《さねさだ》*に、

昔より秋の暮れをば惜しみしに今年は我ぞ先立ちぬべき*　（長秋詠藻）

という歌を贈り、実定からは、

霧晴れぬ心ありともとまりゐてなほこの秋も惜しめとぞ思ふ*　（同）

*藤原実定――一一三九～九一。右大臣公能の息子。母は俊成の姉豪子。俊成の甥に当たる。後徳大寺左大臣と称された。

*昔より……――昔から秋が暮れるのを惜しんできましたが、今年はその前にわたし自身が先立ちそうです。

と励まされている。しかし、俊成は奇跡的に一命をとりとめた。その翌年の九月一〇日あまり、月が翳《かげ》りなく澄んでいるのを見て、この歌を詠んだのである。ああ、あの時からもう一年経ったのだ、という思いだろう。太陰太陽暦を用いていた当時、「月」は強く月日の経過を実感させるものだった。

そうした真率な感慨が込められている歌だが、初句に「思ひきや」とおいて、結句に「月を見むとは」と詠むことは、ある程度定型化している。たとえば、清少納言は清水寺に参籠していた時に、次の歌を贈られている。

*思ひきや山のあなたに君をおきてひとり都の月を見んとは

（清少納言集）

また、近衛天皇の皇后だった藤原多子*は、天皇没後、二条天皇のお召しを断り切れず、永暦元年（一一六〇）に再び入内して、

*思ひきや憂き身ながらにめぐり来て同じ雲井の月を見むとは

と詠んだと『*今鏡《いまかがみ》』は伝える。

しかし、定型化しているからこそ、深い感慨を安らかにゆだねられることもあるのだ。この後、三〇年近く、俊成は類《たぐい》まれな長命をたもって、充実した晩年を送ることをまだ知らない。

*霧晴れぬ……―霧の晴れないようなお心であるとしても、やはりこの世にとどまって、今年の秋を惜しんでほしいと思います。

*思ひきや山の……―山の向こうにあなたがいて、ただ一人都の月を見ることになろうとは思いもしなかった。

*藤原多子―一一四〇〜一二〇一。公能の娘。実定の同母妹で、俊成の姪。「二代の后」と称された。

*思ひきや憂き……―つらい身のまま再び内裏に参上して、昔と変わらない月を見ることになろうとは思いもしなかった、の意。後に『平家物語』に取り入れられて広く知られた歌。

*今鏡―平安末成立の歴史物語。寂超（藤原為経）著。寂超は俊成の妻美福門院加賀の前夫。→25番歌。

18

雪降れば峰の真榊《まさかき》うづもれて月にみがける天《あま》の香具山

【出典】新古今集・冬・六七七

雪が降ると峰の榊は埋もれて、真っ白な天の香具山は月の光で磨かれたようだ。

俊成八五歳頃に『*御室《おむろ》五十首』で冬の歌として詠まれた一首。

「天の香具山」と言えば、『百人一首』の*持統天皇の歌が著名だが、他にも『万葉集』にはよく知られた歌が何首かある。標高が低く穏やかな山容を持ち、*天から降ってきたという伝承がある。万葉人にとっては身近で神聖な山だった。その後、しばらく歌に詠まれなくなるが、平安中期頃からまた関心が高まって、『新古今集』には四首の香具山詠が入集する。この頃には現実を離

【語釈】○真榊—榊のこと。「マ」は美称。○天の香具山—大和国の歌枕。現在の奈良県橿原市。標高一五二メートル。耳成《みみなし》山、畝傍《うねび》山とともに藤原宮を囲み、「大和三山」と称される。『万葉集』では、「アメノカグヤマ」。

れてさらに神聖化が進み、*所在は誰も知らないとか、*非常に高い山で空の香りが漂ってくる、と説明されるようになっている。俊成が詠むのも、神話に彩られ、現実を離れて神聖化した「天の香具山」と思ってよい。

「真榊」は神事に使われる常緑樹のこと。掲出歌が「榊」*をわざわざ持ち出すのは、『日本書紀』や『古事記』に見える天岩戸《あまのいわと》神話で、「天香山《あめのかぐやま》」から掘り起こしてきた榊に、八咫鏡《やたのかがみ》などを掛けて祝詞《のりと》を唱えていることと関係があるのだろう。「鏡」は月のシンボルとなり得る。

掲出歌では、神聖な香具山の峰に生える、これまた神聖な深い緑の榊の木々が、雪にすっかり覆われてしまって、一面真っ白になっている。時間は夜。そこに月光が射してきて、暗い夜空を背景に香具山は白く輝き出す。それを、月に磨かれたようだ、とたとえているのである。この秀逸な比喩に先例はない。「日に瑩《みが》き風に瑩く」(和漢朗詠集)という、よく知られた漢詩句から、俊成はこの表現を編み出したのではないだろうか。

この後、「香具山」の「峰の真榊」を、息子の定家、さらに孫の為家《ためいえ》、曾孫の為相《ためすけ》と子孫が代々詠んでいる。俊成晩年のこの一首に、子孫たちは何かしら特別な思い入れを持ったのだろう。

*御室五十首―建久九年（一一九八）頃成立。守覚法親王主催。

*持統天皇の……―「春過ぎて夏来にけらし白妙の衣干すてふ天の香具山」

*天から……―『伊予国風土記』(逸文)

*所在は……―「かご山　大和国、此の山の在所知る人無し」(五代集歌枕)

*非常に高い山……―「あまのかご山はあまりに高くて、空の香のかがえくるによりていふと、日本紀に見えたり」(八雲御抄《やくもみしょう》)

*「榊」を……―「香具山」の「榊」を詠む先行例は「香具山のいほつ真榊末葉まで常磐かきはに祝ひおきてき」(清輔集)のみ。後に為相は「かご山の峰の真榊朽ちせずは鏡を掛けし枝もかはらじ」(藤谷集)と天岩戸神話を意識して詠ずる。

19

今日はもし君もや訪《と》ふとながむれどまだ跡もなき庭の雪かな

【出典】新古今集・冬・六六四

今日は、もしかしたら、あなた様がいらして下さるのではないかと眺めておりますが、まだ庭の雪には足跡がありません。

長寛二年（一一六四）一二月一〇日余りの頃、雪の朝に藤原実定*に贈った歌である。実定からは、

今ぞ聞く心は跡もなかりけり雪かき分けて思ひやれども*

（新古今集・冬）

と返歌があった。実定は「心はあなたのもとに飛んで行ってますよ」と俊成歌に反論しているのである。

＊藤原実定――→17番歌

＊今ぞ聞く……――今、お聞きしてわかりました。心には足跡がなかったのですね。雪をかき分けて心を遣り、あなた様のことを思いやっているのですが。

＊山里は……――山里には雪が降り積もって道も隠されてし

雪は夜に降り始めたのだろう。朝になってみると、とても高く降り積もって、景色が一変している。そんな日は、あたりを覆い尽くしている美しい雪に足跡を付けるのは惜しいと詠まれたり、逆に、

*山里は雪降りつみて道もなし今日来《こ》む人をあはれとは見む

（拾遺集・冬・平兼盛）

と、誰か雪を踏み分けてやって来てほしい、と詠まれたりする。『枕草子』には、この兼盛歌を念頭に、雪深い宵《よい》に男性が訪ねて来て会話を楽しんだ思い出が綴られる。

掲出の贈答が交わされた時、俊成は五一歳、実定は二六歳。年齢は俊成のほうがずっと上だが、実定は俊成の甥にあたり親しい関係にある。ただ、名門の閑院流の貴族である実定は、この時、従二位《じゅにい》権大納言と身分が高く、実際に気軽に俊成邸に遊びに行くような関係であったかと言えばあやしい。俊成は訪れがないのを恨む恋歌にも似た戯れの歌を贈って、雪の朝の風情を共に楽しもうとしているのだろう。同時に、このような風流を分かち合える人だという実定に対する信頼感も表しているのである。

まった。今日、それでもやって来る人を心から歓迎しよう、の意。『建礼門院右京大夫集』にも、兼盛歌を念頭に、雪が深く積もった朝の恋人とのエピソードが記されている。

【補説】この贈答は、俊成父の俊忠と源俊頼の間で交わされた雪の日の贈答を意識すると指摘される（久保田淳『新古今和歌集全注釈』角川学芸出版、二〇一一）。また、『長秋詠藻』の配列では、「昔男」が小野に隠棲する惟喬親王を雪の日に訪ねる『伊勢物語』八三段を意識するという指摘もある（小山順子・二〇一七）。

20

思ひやれ春の光も照らしこぬ深山《みやま》の里の雪の深さを

どうか思いやってください。春の光も照らすことがない深山の里のこの雪深さを。

【出典】長秋詠藻

保延六年（一一四〇）の正月、俊成が西山に籠もっていると、雪が降った。この歌は、その翌朝、知人から見舞いの便りをもらって返した歌である。当時、京官除目《きょうかんじもく》（中央官庁の人事）があったばかりで、俊成は思うような官職につくことができなかった。「春の光」がこの山里には届かないというのは、そうした自身の不遇を言っているのである。この時、俊成二七歳。六五歳になって編んだ『長秋詠藻』を見ると、雑歌《ぞうか》は保延元年（一一三五）

の父俊忠の十三回忌の歌で始まり、次に保延五年の母の喪に服している時の歌（35番歌）が続き、そして掲出歌が並んでいる。一〇歳で父を亡くして後ろ盾を失い、二六歳で母を喪った。官位は遅々として進まない。俊成には祖父が大納言にまで昇った家格だったという強烈な自負があった。それなのに、なかなか明るい未来が見えてこない。京の街中を離れて、山里で雪に降りこめられていると、ますます世間から疎外されている気持ちになったのだろう。保延六、七年というのは、俊成にとって人生でもっとも苦しい時期だったのではないか。この頃俊成は述懐の歌ばかりの「*述懐百首」を詠み、晩年になっても、この百首の歌をしばしば思い返している。

深い思いを込めるのに、むしろ定型化した歌い方を用いることがある。「*思ひやれ」と歌い出して、結句で「…を」と倒置して置くのも、そんな型の一つだ。俊成の孫の為家が題詠で、

*思へかし人の跡みぬ山里のいぶせさ積もる雪の深さを　（為家集）

と詠んでいるのは、掲出歌を意識したものだろう。

為家は権大納言まで昇り、俊成・定家・為家の三代の悲願は叶うが、俊成没後三七年の時を経ていた。

雪

*述懐百首―身の不遇を嘆くことを主題とする『堀河百首』題による百題百首。この百首歌によって崇徳天皇内裏歌壇に参加できるようになったか（松野陽一・一九七三）。

*「思ひやれ」と…―たとえば、「思ひやれ雪も山路も深くして跡絶えにける人のすみかを」（後拾遺集・冬・信寂）

*思へかし…―どうか思いやってくださいよ。人が訪れない雪深い山里で、心も晴れずにいることを、の意。文永六年（一二六九）の作。

21

杣《そま》くだし霞たな引く春くれば雪解《ゆきげ》の水も声あはすなり

杣木を筏に組んで川を下して、霞がたなびく春がやってくると、雪解け水も声を合わせて水音を立てているよ。

【出典】長秋詠藻

治承二年（一一七八）三月、賀茂別雷《かもわけいかずち》社の神主賀茂重保《しげやす》*が主催した『別雷社歌合』で詠まれた歌である。題は「霞」。この歌合の判者《はんじや》は俊成自身で、源頼政《よりまさ》*の歌と番《つが》えられた掲出歌を負けと判じた。初句の「杣くだし」が唐突で、優美ではないというのが理由である。歌合では、ゆっくり一句一句が読み上げられる。「霞」と「杣」は、伝統的な和歌の世界では、すぐには結びつかない。初句が「唐突だ」という非難は、聴く人が思うであろうことを自

【語釈】○杣—杣山から切り出した材木。「たな引く」の「引く」、「くれば」の「くれ」に「榑《くれ》」（板材）が掛かって、「杣」の縁語。

＊賀茂重保—一一一九～九一。重継の息子。多くの歌会・歌合を主催。

分から言ってみせたのである。しかし、実はそこが俊成の狙いだったはずだ。
この歌合からさかのぼること一二年、*ある歌合で判者を務めた俊成は、

*降る雪に真木《まき》の杣山跡絶えて斧の響きも今朝は聞こえず

という歌を、情景がありふれている、と難じて負けとしている。「杣」は冬の「雪」と結びつきやすく、俊成が若い時に参加した*『為忠家後度百首《ためただのいえのごどひやくしゅ》』の「杣山雪」題には、よく似た歌がたくさん見える。ただ、その中に、杣山では雪が消える春を待ち望んでいると詠む歌もある。

*宮木《みやぎ》引く朽ち木の杣の山出《い》だし雪消えばとや思ひたつらん（藤原親隆《ちかたか》）

掲出の俊成歌は、その待ち望んだ春を迎えた杣山の情景を描いている。切り出した杣木を川に下せるのは、春を迎えて雪が解けたからだ。しかし、俊成はそうは詠んでいない。逆に、杣木を下したところ、霞がたなびいて春がやって来たと言う。まるで、杣木が冬の帳《とばり》を切り裂いて川を下り、それとともに、あたり一面に霞がたなびくかのようだ。冬の間、静まりかえっていた世界は一変し、春を迎えた喜びに溢れ、あちらこちらから流れ出した雪解け水が谷底の川で合流して、声を合わせるように水音を立てている。

*源頼政—一一〇四～八〇。仲正の息子。→42番歌。

*ある歌合—永万二年（一一六六）『中宮亮重家朝臣家歌合』

*降る雪に……—雪が降って真木の杣山には人跡が絶えて、杣木を伐る斧の音も今朝は聞こえない、の意。「雪」一四番左の心覚の歌。

*為忠家後度百首—藤原為忠主催。保延元年（一一三五）頃成立。俊成二二歳頃。俊成は為忠の娘を妻とし、子を儲けている。

*宮木引く……—冬の今は切り出した宮木も朽ちるにまかせるしかないが、雪が消えたら山から出そうと思っているのだろう、の意。「宮木」は宮殿や神殿を造るための材木。

22

夏刈りの葦《あし》のかり寝もあはれなり玉江の月の明がたの空

【出典】新古今集・羇旅・九三二

夏の葦を刈り取って敷いた旅の仮寝も心に滲みることだなあ。玉江には明け方の空が広がり、有明の月が懸かっている。

旅をしている〈わたし〉は、都から遠く離れた越前国の「玉江」に泊まることになった。「玉江」は地名だが、そもそもは「美しい入り江」を意味する言葉である。そこに生える夏の青々とした柔らかい葦を刈って草枕を結んだ〈わたし〉は、明け方になって、有明の月が清らかな光を玉江に投げかけているのを見る。ただでさえ心に滲みる風景が、葦を刈り敷いた仮寝という状況のために、ますます深く滲みる。「かり寝も」の「も」の一語が効いている。

【語釈】○夏刈りの―葦などを夏に刈り取ること。「葦」「芦屋」などの枕詞としても用いられた。○かり寝―かりそめに寝ることをいう「仮寝」の「かり」に「刈り」が掛かり、「ね」には「根」が掛かって、「葦」の縁語。○玉江―越前国の歌枕。現

広々とした湿地に葦が群生するさまは、日本という国の原風景だろう。『古事記』では、高天原と黄泉の国の中間にある現《うつ》し国が「葦原の中つ国」と呼ばれいる。王朝時代以降、神話を直接的に取り込む歌はほとんど見えないが、「葦」は景物としてよく歌に詠まれる。春になってつのぐむ葦や群生する葦の風景は、意識するとしないにかかわらず、遠く神話の世界とつながって、どこか人の心を捉えるものがあったのではないだろうか。

ただし、掲出歌のように「夏刈り」の葦を詠む例は多くはない。つのぐむ葦は春のものであるし、屋根を葺《ふ》いたりするために葦を刈り取るのは、ふつう晩秋だからである。俊成は、＊源重之《しげゆき》が詠んだ、

＊夏刈りの玉江の葦を踏みしだき群れゐる鳥のたつ空ぞなき　（後拾遺集・夏）

の後、「玉江」を詠む歌がないことを思って詠んだ、と後に＊自ら解説して、さらに「玉江の月」はなかなかよいのではないか、と自讃している。

この歌が詠まれたのは、俊成八五歳頃の＊『御室五十首』。「旅」題だった。そちらでは第二句が「葦のかり屋」とあって、粗末な小屋（仮屋）に旅寝したということになる。「かり寝」のほうがよいと思うが、いかがだろうか。

在の福井県福井市花堂町。摂津国にも同名の名所があるが、「夏刈りの玉江」は越前国とされた。

＊源重之――一〇世紀に活躍した歌人。藤原実方の陸奥守赴任に随行して、その地で客死。

＊夏刈りの……――玉江の葦を踏み散らして群れ集まっている鳥は、いつまでも留まって、空に飛び立たないことだ、の意。「夏刈りの」は枕詞として用いている。

＊自ら解説して……――『慈鎮和尚自歌合』「三宮」十四番判詞。

＊御室五十首――→18番歌

23

立ち返りまたも来て見む松島や雄島《をじま》の苫屋《とまや》浪に荒らすな

【出典】新古今集・羇旅・九三三

波が立ち返るように、わたしもまた立ち戻って来てこの景色を見ようと思う。だから、海人《あま》よ、松島の雄島の苫屋を波で荒らさせないでおくれ。

「松島の雄島」は、特に中世以降、死者を供養する霊場としての性格を強め、現在も卒塔婆が林立する風景が広がる。だが、和歌の世界では霊地としての性格はまったく顧みられない。源重之*が詠んだ恋の歌、

松島や雄島の磯にあさりせし海人《あま》の袖こそかくは濡れしか*

（後拾遺集・恋四）

によって、「雄島」は海人（男女問わず海浜労働者）がぐっしょり袖を濡ら

【語釈】○雄島―陸奥国の歌枕。松島湾内の代表的な島。○苫屋―苫で屋根や周囲を覆った粗末な小屋。「苫」は、菅や茅を筵のように粗く編んだもの。

*源重之―→22番歌

*松島や…―松島の雄島の磯

していると意識される。重之歌は、雄島の海人の袖と、恋に泣き濡れる我が袖を比較している。その発想は、俊成が『千載集』（恋四）に撰入し、後に『百人一首』にも採られた*殷富門院大輔《いんぷもんいんのたいふ》の、

*見せばやな雄島の海人の袖だにも濡れにぞ濡れし色は変はらず

に、そのまま受け継がれている。

　掲出歌では、その「雄島」を旅人である〈わたし〉が訪ねている。苫屋で侘びしい旅寝をすることはよく歌に詠まれた。俊成には、

*浦づたふ磯の苫屋の梶枕《かぢまくら》聞きもならはぬ浪の音かな（千載集・羇旅）

の例がある。波に打ち壊されそうな苫屋が磯辺に立つ雄島の風景は、決して華やかではなく、むしろ侘びしく寂しいものだ。しかし、旅人の〈わたし〉はその風景に惹きつけられて、もう一度やって来たいと願わずにはいられない。

　この歌は、前歌（22番歌）と同じく『御室五十首*』「旅」題の作で、『新古今集』にも並んで入集する。どちらも陸奥で客死《かくし》した重之の歌を念頭に、越前や陸奥の海辺の旅宿を詠んでいるが、気分としては対照的。前歌は艶、こちらは冷え寂びている。定家は掲出歌を高く評価して、『近代秀歌*』や『*詠《えい》歌大概《がのたいがい》』などに選び入れて父の代表作とした。

で漁をしていた海人の袖こそ、この恋の涙で泣き濡れるわたしの袖と同様ぐっしょりと濡れていたのだった。

*殷富門院大輔―俊成と同時代歌人。当代を代表する女房歌人。

*見せばやな…―わたしの紅涙で染まった袖を見せたいものだなあ。あの雄島の海人の袖でさえ濡れに濡れたとしても色は変わらないのに。

*浦づたふ…―海岸沿いを旅して磯の苫屋に梶を枕として旅寝をすると、聞き慣れない波の音がすることだ。

*御室五十首―→18番歌

*近代秀歌―→16番歌

*詠歌大概―定家著の歌論書。承久の乱（一二二一）以後成立か。後鳥羽院皇子の尊快法親王に進献。

24

難波人《なにはびと》葦火《あしび》焚《た》く屋に宿借りてすずろに袖のしほたるるかな

【出典】新古今集・羇旅・九七三

難波の浦人が葦火を焚く小屋に旅の宿を借りて、わけもなく涙で袖が濡れてしまうことだよ。

【語釈】○難波人―「難波」は摂津国の歌枕。現在の大阪市上町台地を中心とする地域。○葦火―干した葦を燃料として焚く火。

*右大臣家百首―→06番歌
*羈旅―旅。旅行。

「*右大臣家百首」で「*羈旅《きりよ》」題で詠まれた一首。

この歌が舞台とする「難波」は、古くから海浜の風景がよく詠まれた。埋め立てられてすっかり風景が変わってしまった現在の大阪湾からは想像もつかないが、「葦」が代表的な景物だった。

俊成が詠む「難波人」や「難波女《なにわめ》」は、その葦を刈り取る海浜労働者のことで、歌にしばしば登場する。直接的には、掲出歌は『拾遺集』(恋四)に人麿の歌として入る次の歌を本歌とする。

難波人葦火焚く屋は煤《すす》たれどおのが妻こそとこめづらなれ

人麿歌は恋歌で、長い年月を共にしてきた妻への愛情を歌っている。俊成歌は、この年老いた妻をたとえる上二句から、旅路の風景を構成しているのだ。

旅する〈わたし〉は、難波浦で海人が葦火を焚く小屋を宿とする。一夜を過ごしていると、わけもなく涙が溢れてくる。その説明しがたい感情の動きを「すずろに」と表現する。「すずろ」の「すず」には、「葦火」の縁語「煤」が響く。また、袖が涙でぐっしょり濡れることを言うのに、「潮垂《しおた》る」を用いるのは、海人の潮汲みの労働に連想が及ぶようにするためである。

なぜ〈わたし〉は泣くのだろうか。旅の歌なので郷愁を歌うことが前提だが、そこには恐らく故郷に残した大切な人への思いがある。本歌とした人麿歌が妻への愛を歌っていることが、そのようにほのかに感じさせる。

前歌（23番歌）と同じく定家が『近代秀歌』や『詠歌大概』に入れて、父の代表作と認めた歌である。

＊難波人……難波人が葦火を焚く家の端が煤けているように、私の妻は古びてしまったけれど、いつまでも変わることなく素晴らしい、の意。原歌は『万葉集』（巻十一）の作者未詳歌。

＊近代秀歌→16番歌

＊詠歌大概→23番歌

25

よしさらば後《のち》の世とだに頼めおけつらさに耐へぬ身ともこそなれ

【出典】新古今集・恋三・一二三二

よし、それならば、せめて来世では逢おうと約束してください。そうでなければ、あなたの冷たさに耐えられなくなって恋死《こいじに》してしまいそうです。

俊成が生きたのは、題詠中心の時代である。だが、もちろんこの時代の人々が日常生活の中で歌を歌わなくなったわけではない。俊成の『長秋詠藻』と『俊成家集』には、全体の歌数からすればわずかだが、実際に女と交わした情熱的な恋歌が並ぶ歌群がある。その中に「つれなくて返事せざりける女につかはしける」(俊成家集)として見えるのが掲出歌である。女の返歌は、

*頼めおかむただ
さばかりを契りにて憂き世の中の夢になしてよ

【語釈】○後の世―来世。後生。○頼めおけ―「頼む」は、相手に当てにさせること。当てにさせてください、の意。

*頼めおかむ……―ええ、約束しましょう。ただそれだけ

その贈答の形のまま『新古今集』に撰入されている。女の名前は、『新古今集』では「藤原定家朝臣母」とある。

定家母は藤原親忠《ちかただ》の娘、*美福門院《びふくもんいん》に仕えて加賀と呼ばれた女性で、初め*藤原為経《ためつね》と結婚して、*子供があった。俊成も為経の姉妹と結婚して*子供もいたが、その後、どうした経緯からか、*二人は結ばれる。その関係は、初めごくごく人目を忍ぶものであったらしい。俊成三〇歳前後、定家母はそれより一〇歳ほど年下かと推測されている。

どんな言葉を掛けても女はつれない。今生で逢いがたいのであれば、来世の逢瀬に賭けるしかない、それまで拒否されたら恋い焦がれて死んでしまう、と女に強く迫っている。「後の世」を持ち出すのも、「恋死」をほのめかすのも、恋歌では常套だが、切迫した心情が伝わってくる。

女の返事は、結局、逢えないと言っているのだが、来世での逢瀬だけは受け入れて、言い慕る男を完全に拒否してはいない。『新古今集』では恋三巻末に入れて二人の仲が深まった後の歌としているが、『俊成家集』詞書《ことばがき》では女は「初めて」返事をしたとある。実際は、恋に踏み出したばかりの頃の贈答だったのだろう。


をあなたとわたしの約束事として、つらい現世での関わり合いは、すべて夢と思って下さい。

*美福門院—一一一七〜六〇。鳥羽天皇の皇后藤原得子。
*藤原為経—父は為忠。歌人。出家して寂超。兄の寂念、弟の寂然とともに常磐三寂と称せられる。
*子供—隆信。一一四二〜一二〇五。出生の翌年父為経が出家。長じて歌人となり、継父俊成と歌会などで同席することが多い。俊成を藤原兼実に引き合わせた。似絵の名手としても著名。
*子供もいた…—後白河院京極など。俊成には他にも子をなした女性が四人ほど知られる。
*二人は…—為経出家後か。久安四年（一一四八）俊成との間に八条院三条が誕生。

26

いかにせんいかにかせましいかに寝て起きつる今朝の名残なるらん

【出典】俊成家集

どうしよう。どうしたらよいのだろう。今朝のこの気持ちは、どのように寝て起きた名残なのだろうか。

『俊成家集』には、前歌（25番歌）の贈答の次に「逢ひがたくて逢ひたりける女に」という詞書の、

つらさにも落ちし涙の今はただおしひたすらに恋しかるらん*

という歌を挟んで、「人のもとにまかりて、いかなりける朝《あした》にか、つかはしける」として載っている。女はそれに対して、

いかに見しいかなる夢の名残ぞとあやしきまでは我ぞながむる

*つらさにも……――あなたの冷たさに落とした涙もあったが、今はただもうひたすら恋しく思われる。

河野裕子から森鷗外まで、
近現代の歌人を中心に
秀歌を厳選した
アンソロジーシリーズ。

第Ⅳ期 全20冊

笠間書院

コレクション日本歌人選

Collected Works of Japanese Poets

刊行予定のご案内

61 **高橋虫麻呂と山部赤人**《たかはしのむしまろとやまべのあかひと》 ［多田一臣］ 十八年十一月予定
長歌の達人高橋虫麻呂　人麻呂と双璧をなす山部赤人

62 **笠女郎**《かさのいらつめ》 ［遠藤　宏］ 十九年四月予定
大伴家持への恋のみを歌い続けた奈良時代の女流歌人

63 **藤原俊成**《ふじわらしゅんぜい》 ［渡邉裕美子］ 十八年十二月予定
古典主義的立場から幽玄の理念を樹立した平安歌人

64 **室町小歌**《むろまちこうた》 ［小野恭靖］ 十九年三月予定
気軽に口ずさめる短い庶民的な流行歌謡

65 **蕪村**《ぶそん》 ［揖斐　高］ 十九年一月予定
芭蕉も及びえぬ境地を、画家としての眼が切り開いた鬼才

66 **樋口一葉**《ひぐちいちよう》 ［島内裕子］ 十九年四月予定
伝統的美意識を凌駕し、近代文学の扉を開いた天才歌人

67 **森　鷗外**《もりおうがい》 ［今野寿美］ 十九年四月予定
短歌という詩型にあくなき執着を込めた文豪・鷗外

68 **会津八一**《あいづやいち》 ［村尾誠一］ 十九年一月予定
生涯歌壇の外に身を置いた、奈良大和を歌う学匠歌人

69 **佐佐木信綱**《ささきのぶつな》 ［佐佐木頼綱］ 十九年三月予定
万葉の短歌観に自らの精神を引き継ぐ歌人・国文学者

70 **葛原妙子**《くずはらたえこ》 ［川野里子］ 十九年五月予定
塚本邦雄に「幻視の女王」と称された戦後の代表的歌人

71 **佐藤佐太郎**《さとうさたろう》 ［大辻隆弘］ 十八年十二月予定
アララギ派の「写生」を超え、新境地を切り開いた歌人

72 **前川佐美雄**《まえかわさみお》 ［楠見朋彦］ 十八年十一月予定
二十世紀を力強く生き抜いた昭和の大歌人

73 **春日井建**《かすがいけん》 ［水原紫苑］ 十九年二月予定
三島由紀夫が「現代の定家」と絶賛した天才歌人

74 **竹山　広**《たけやまひろし》 ［島内景二］ 十八年十一月予定
生涯歌い続けた長崎原爆への怒り

75 **河野裕子**《かわのゆうこ》 ［永田　淳］ 十九年三月予定
永田和宏を終生、思い歌い続けた女流歌人

76 **おみくじの歌**《おみくじのうた》 ［平野多恵］ 十九年二月予定
古今東西のおみくじ和歌の豊かな世界とルーツが鮮明に

77 **天皇・親王の歌**《てんのう・しんのうのうた》 ［盛田帝子］ 十九年五月予定
古代から近現代まで、和歌というかたちで綴る天皇のことば

78 **戦争の歌**《せんそうのうた》 ［松村正直］ 十八年十二月予定
日清・日露から太平洋戦争までの歌五十一首を厳選

79 **プロレタリア短歌**《ぷろれたりあたんか》 ［松澤俊二］ 十九年一月予定
労働者の叫びを知り、未来を拓く知識を獲得する歌五十首

80 **酒の歌**《さけのうた》 ［松村雄二］ 十九年二月予定
大伴旅人、井伏鱒二…酒杯が人の生と死の悲しみから救う

特色

日本の著名な歌人を採り上げ、その代表作を厳選して紹介するアンソロジーです。
各歌には現代語訳、振り仮名、丁寧な解説つきで、高校生から大人まで、
幅広い年代層が親しめるように配慮しました。

仕様

定価：本体1,300円+税
四六判・平均128ページ・並製・カバー装

構成

解説・歌人略伝・略年譜・読書案内つき。

笠間書院　〒101-0064 東京都千代田区神田猿楽町2-2-3 NSビル
TEL 03（3295）1331　FAX 03（3294）0996
info@kasamashoin.co.jp　http://kasamashoin.jp/

と応えている。女は逢瀬《おうせ》を「夢」と表現し、夢の後の今は、自分でも不可解なほどに物思いに耽ってぼんやり眺めている、と歌う。初めての逢瀬がかなって間もなくの歌で、贈答の相手は前歌と同じく定家母だろう。

俊成の贈歌は、恋い焦がれた女と逢って、迎えた朝、女と別れて戻ってきたものの、逢瀬の余韻に惑乱して、自分で自分を持て余している。そんな気持ちを「いかに」を重ねて表現している。『和泉式部集』に、

*いかにせんいかにかすべき世間《よのなか》をそむけば悲し住めば住み憂し

と「いかに」を二回繰り返す例があるが、俊成はさらにもう一句重ねている。今朝、これほどまでに心乱れるのは、あなたと逢えたからなのだ。でも、どのような逢瀬だったのかと言われても説明がつかない。それほどまでに特別な時間だった、と言いたいのである。

女の返歌も、俊成の贈歌を受けて初二句で「いかに」を繰り返している。そして、歌の内容としては、『*参河《みかわ》にさける』という物語の、

*とはばやないかなる夢を見つる夜の名残の袖のかくは濡るると

という歌と重なる。現実の恋の中で、女は、そして男も恋物語の主人公になっていたのではないか。恋とはそういうものだろう。

*いかにせん……―どうしようか。どうすべきなのだろう。この俗世から遁《のが》れてしまえば悲しいし、住み続ければつらい。

*参河にさける―現在は散逸。平安末頃までに成立。掲出歌は定家撰『物語二百番歌合』に見える。

*とはばやな……―尋ねてみたいものです。いったいどんな夢を見た夜の名残に袖はこんなにまで涙で濡れるものなのかと。

27

恋しとも言はばおろかになりぬべし心を見する言《こと》の葉《は》もがな

【出典】俊成家集

「恋しい」と言ったなら、空疎になってしまうに違いない。わたしのこのあなたへの想いを見せる言葉がほしいものだ。

『俊成家集』の詞書は、前歌（26番歌）の贈答に続いて「また女のもとにつかはしける」となっていて、次に女からの返歌も載せている。しかし、『久安百首』*の恋歌の中にもこの歌は見える。つまり、一方では実際に恋する女に贈った歌とし、他方では題詠で詠まれた虚構の歌としているのである。これには*詳しい考証があり、もともとは贈答歌であったものを百首歌《ひゃくしゅうた》*に取り入れたと推測されている。日々の暮らしの中で詠まれた歌であっても、こ

＊久安百首――→05番歌
＊これには…――久保田淳（一九七三）。
＊百首歌――→解説

の歌ならば、崇徳院に提出するため特別に意を凝らした題詠歌として、十分通用するという自負の現れだろう。

取り入れるに当たって俊成は、崇徳院が『久安百首』で詠んだ恋歌、

*おろかにぞ言の葉ならば成りぬべき言はでや君に袖を見せまし

を意識したと指摘される。痛切な体験によって生じた感情を言葉では表しきれない、言葉で表した途端に陳腐になってしまう、と感じたことは、誰しも一度はあるのではないか。崇徳院や俊成より早い次の歌もある。

*思ふより言ふはおろかに成りぬればたとへて言はん言の葉ぞなき

（拾遺集・哀傷・平定文《さだふむ》）

*ともかくも言はばなべてになりぬべし音《ね》に泣きてこそ見すべかりけれ

（千載集・恋五・和泉式部）

掲出の俊成歌に対する女の返歌は、

恋してふ偽《いつは》りいかにつらからん心を見する言の葉ならば　（俊成家集）

いえいえ、あなたの本心が見えてしまったら、「恋しい」という言葉が嘘だってわかってどんなにつらいでしょう、と切り返している。想い合っているのに。恋とはやっかいなものだ。

*おろかにぞ……言葉で表現したならばおろそかになってしまうだろう。言葉に出さないで、あなたを思って泣き濡れた袖を見せたいものだ。

*思ふより……思いの深さに比べて口に出して言えばおろそかになってしまうので、たとえて言う言葉がみつからない。

*ともかくも……あれこれ言葉に出して言えばありふれたものになってしまう。声に出して泣いて見せるべきでしょう、の意。俊成はこの歌を『古来風体抄』（↓解説）にも撰入。『和泉式部集』では結句「見せまほしけれ」。

28

思ひあまりそなたの空をながむれば霞をわけて春雨ぞ降る

【出典】新古今集・恋二・一一〇七

恋しさに耐えかねて、あなたのいる方の空を眺めやると、霞が立ち込めてはっきりと見えない。その霞をわけるようにして春雨が降ることだなあ。

何ともいえない恋の甘美な気分が横溢する一首である。

家集*によると、「しのぶることある女」、つまりは人目を忍ぶ恋人に贈った歌となっている。

*家集→解説

女とは簡単には会えない。すがるような気持ちで、せめてもと思って、女の住む方角を眺めやると、何もかも霞に包まれて朧ろに霞んでいる。その霞のベールを静かに分けるようにして、柔らかな春雨が降っている。

柿本人麻呂から寺山修司まで
代表的歌人の秀歌を楽しむ、
初めてのアンソロジー。

第Ⅰ期～第Ⅲ期
全60冊

和歌文学会×笠間書院

コレクション日本歌人選

Collected Works of Japanese Poets

全巻のご案内

01

柿本人麻呂《かきのもとのひとまろ》 ［高松寿夫］

持統天皇の時代を中心に活躍した、万葉集を代表する歌人。後世、歌聖として崇められ伝説的歌人に。●佐佐木幸綱

02

山上憶良《やまのうえのおくら》 ［辰巳正明］

民衆に寄り添って詠う万葉集「貧窮問答歌」が有名。当時としては珍しく思想詩人としての視野を持っていた。●中西進

03

小野小町《おののこまち》 ［大塚英子］

平安初期の歌人。仮名文字が生み出される渦中、恋歌を詠い続けることで女流文学の先駆的存在となった。●目崎徳衛

04

在原業平《ありわらのなりひら》 ［中野方子］

小町らと並ぶ六歌仙の花形。漢詩文優勢の平安初期に、和歌を新しい旋律にのせて復活させた天賦の歌人。●目崎徳衛

05

紀貫之《きのつらゆき》 ［田中登］

平安前期の歌人。日本の和歌に漢詩に基づく機知的な表現を導入、明治まで続いた長い和歌伝統の礎を作った。●大岡信

11

藤原定家《ふじわらていか》 ［村尾誠一］

平安末期から鎌倉初期の歌人。百人一首の編者。新古今集の撰者となり、歌壇の第一人者として君臨した。●唐木順三

12

伏見院《ふしみいん》 ［阿尾あすか］

南北朝時代の先駆けとなる両統迭立時代、第九十二代天皇。妃の永福門院と並ぶ京極派和歌の体現者。●岩佐美代子

13

兼好法師《けんこうほうし》 ［丸山陽子］

『徒然草』作者。神社の出身で、半僧半俗の一生を過ごした。頓阿らと並び二条派四天王の歌人として活躍。●山崎敏夫

14

戦国武将の歌《せんごくぶしょうのうた》 ［綿抜豊昭］

信長、元就、政宗…常に死を背負っていた彼らの歌は、伝統的な貴族歌人の歌とは異なる緊張感をはらむ。●小和田哲男

15

良寛《りょうかん》 ［佐々木隆］

江戸後期の歌人。名主の跡継だったが出家して諸国を行脚した。平易で自由な表現でその境地をうたった。●五十嵐一

郵 便 は が き

料金受取人払郵便

神田局
承認
4121

差出有効期間
平成 31 年 6 月
29 日まで

101-8791

504

東京都千代田区神田猿楽町 2-2-3

笠間書院 営業部 行

■ 注 文 書 ■

◎お近くに書店がない場合はこのハガキをご利用下さい。送料 380 円にてお送りいたします。

書名 冊数

書名 冊数

書名 冊数

お名前

ご住所 〒

お電話

読　者　は　が　き

●これからのより良い本作りのためにご感想・ご希望などお聞かせ下さい。
●また小社刊行物の資料請求にお使い下さい。

この本の書名＿＿＿＿＿＿＿＿＿＿＿＿＿＿＿＿＿＿＿＿＿＿＿＿＿

本はがきのご感想は、お名前をのぞき新聞広告や帯などでご紹介させていただくことがあります。ご了承ください。

■本書を何でお知りになりましたか（複数回答可）

1. 書店で見て　2. 広告を見て（媒体名　　　　　　　　　　　　）
3. 雑誌で見て（媒体名　　　　　　　　　　）
4. インターネットで見て（サイト名　　　　　　　　　）
5. 小社目録等で見て　6. 知人から聞いて　7. その他（　　　　　　　　　　）

お名前

ご住所　〒

お電話

ご提供いただいた情報は、個人情報を含まない統計的な資料を作成するためにのみ利用させていただきます。個人情報はその目的以外では利用いたしません。

06

和泉式部《いずみしきぶ》［高木和子］

平安中期の歌人。多感な恋で浮き名を流し、その恋に揺れる情熱を和歌表現に託して果敢にうたいあげた。●藤岡忠美

07

清少納言《せいしょうなごん》［坏美奈子］

『枕草子』作者。一条天皇の中宮・定子に仕える。和漢の故事に通じ、歌人としても卓越した技量を示した。●田中澄江

08

源氏物語の和歌《げんじものがたりのわか》［高野晴代］

『源氏物語』の和歌版ダイジェスト。物語のあらすじに触れながら、各巻から一首ずつピックアップして解説する。●秋山虔

09

相模《さがみ》［武田早苗］

平安後期の歌人。一条天皇の皇女・脩子内親王の女房として仕え才能を開化。多くの歌合に参加し活躍。●森本元子

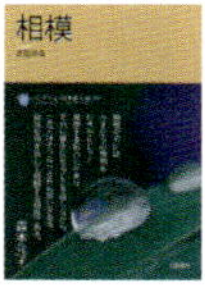

10

式子内親王《しょくしないしんのう》［平井啓子］

平安末期、後白河天皇の皇女。王朝崩壊の時代、混濁する実生活から抜きん出た繊細優艶な作品を残す。●馬場あき子

16

香川景樹《かがわかげき》［岡本聡］

江戸後期の歌人。実物実景を重視した独自の歌論「調べの説」を提唱。多くの門弟を有する桂園派を率いた。●林達也

17

北原白秋《きたはらはくしゅう》［國生雅子］

明治末期から昭和にかけて活躍した、詩人、歌人、童謡詩人。歌壇とは一線を画す独特な歌境を確立した。●山本健吉

18

斎藤茂吉《さいとうもきち》［小倉真理子］

他の追随を許さぬ足跡を戦後まで残したアララギ派最大の歌人。処女歌集『赤光』は人々に衝撃を与えた。●本林勝夫

19

塚本邦雄《つかもとくにお》［島内景二］

昭和から平成にかけ、前衛歌人の旗手として活躍。戦後日本で「短歌には何ができるか」を鋭く問いかけた。●寺山修司

20

辞世の歌《じせいのうた》［松村雄二］

室町時代の太田道灌から、千利休、高杉晋作、三島由紀夫まで44名の歴史的人物の辞世の歌を取り上げる。●辞世一覧

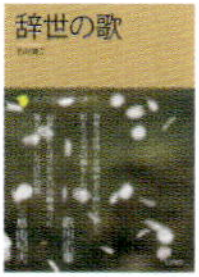

組見本

01

夏の夜のふすかとすれば郭公《ほととぎす》鳴くひと声にあくるしののめ

【出典】古今和歌集・夏歌・一五六

夏の夜、横になったかと思えば、ホトトギスがひと声鳴き、もう夜が明けはじめる、そんなしののめどきとなったことだよ。

寛平《かんぴょう》五年（八九三）頃に催された歌合《うたあわせ》での作である。貫之《つらゆき》の生年は未詳であるが、仮に貞観《じょうがん》十三年（八七一）とすれば、この年二十三歳。現存する貫之の作品としては、もっとも初期の部類に属しよう。

『百人一首』にのる清原深養父《ふかやぶ》の歌でも知られるように、夏の夜は昔から短いもの、明けやすいものとして詠《うた》われてきた。この貫之歌も、けっしてその例外ではない。初句の「夏の夜の」は、「郭公」にではなく、第五句「あくるしののめ」にかかる。また、「しののめ」は、東の空が白みかけた頃をいい、ほぼ「あけぼの」というのに等しいが、もっぱら歌の中で使われるのが特徴。

この歌、『古今和歌集《こきんわかしゅう》』では、夏歌の部のホトトギスを詠《よ》んだ歌ばかりがずらりと並ぶ一連の歌群に位置するが、歌のテーマとしては、ホトトギスそのものよりは、夏の短夜《みじかよ》の方に比重があるといえよう。だが、『古今集』の出典となった歌合《うたあわせ》ではどうかといえば、紀友則《きのとものり》の恋の歌と合わされているのである。だとすれば、この歌、愛する女性のもとで一夜を過ごした男が、またたく間に明けてしまった夏の短夜を嘆いている歌、と解釈することも可能であろう。

このように、古典和歌にあっては、作者（この場合は貫之）の意図とは別に、編者（たとえば『古今集』の）がその歌を、いったいどのように解釈していたのかという問題が、常について回るものであることを、心得ておく必要があろう。

*百人一首…藤原定家の撰になる秀歌撰。文暦二年（一二三五）の成立。

*清原深養父…平安前期古今集撰者時代の歌人。生没年未詳。清少納言の曽祖父にあたる。歌は「夏の夜はまだ宵ながら明けぬるを雲のいづこに月やどるらむ」（古今・一六六）

*古今和歌集…延喜五年（九〇五）、醍醐天皇の勅命によって編集された、最初の勅撰和歌集。

*出典となった歌合…寛平五年（八九三）頃に行われた寛平御時后宮歌合。

*紀友則…平安前期の歌人。古今和歌集の撰者の一人。生没年未詳。歌は「宵の間もはかなく見ゆる夏虫にまどひまされる恋もするかな」（古今・五六二）

002

003

特色

日本の代表的な歌人の秀歌を厳選して紹介する、初めてのアンソロジーです。
各歌には原則として現代語訳、ふりがな、丁寧な解説つきで、中学生から大人まで幅広い年代に読めるよう配慮しました。

仕様

定価：本体1,200円+税
四六判・平均128頁・並製・カバー装

構成

解説・歌人略伝・略年譜・読書案内つき。巻末に作家・評論家・研究者による名エッセイ（紹介文中に●で表示）、もしくは人物一覧等を収録。

収録歌について

各冊およそ50首を取り上げています。収録歌については小社ホームページに掲載しているほか、冊子をご用意しております（送料無料）。
冊子をご希望の方は、**「コレクション日本歌人選・収録歌一覧希望」**と明記のうえ、下記までご連絡ください。

● 全国の書店でお買い求めいただけます。
● お近くに書店がない場合、小社に直接ご連絡ください。

笠間書院
〒101-0064 東京都千代田区神田猿楽町2-2-3 NSビル
TEL 03（3295）1331　FAX 03（3294）0996
info@kasamashoin.co.jp　http://kasamashoin.jp/

この歌は、*藤原忠通《ただみち》の、

　*思ひかねそなたの空をながむればただ山の端にかかる白雲　（詞花集・雑下）

を念頭におくのではないかと指摘されるが、下句の描く情景が大きく異なる。忠通の歌は山の端にかかる真っ白な雲というはっきりした景を描くが、俊成歌は曖昧模糊とした「霞」と、しっとりと静かに降る「春雨」の情景で、これが甘美な気分を引き出している。

「春雨」は、草木を緑に染め、花を色鮮やかにする一方で、物思いを増すものと捉えられていた。俊成は次のような歌を詠んでいる。

　*ながめする緑の空もかき曇りつれづれまさる春雨ぞ降る　（久安百首）

そして、恋の歌で「雨」と言えば、やはり「涙」が連想される。家集では、同じ女に贈った「長雨」と「涙」を結びつける歌が続く。

　*思ひやれ降らぬ空だにあるものを今日のながめの袖のけしきを

俊成は、『長秋詠藻』では、このあたり、思うようにいかない忍ぶ恋の歌を並べて、一連の恋愛物語として読めるように構成している。

＊藤原忠通――一〇九七～一一六四。父は関白忠実。息子に兼実。俊成は兼実の和歌の師となり、親しく仕えた。

＊思ひかね……――思いあぐねてそちらの空を眺めると、ただ山の端に白雲が見えるだけだ、の意。近江守《かみ》であった藤原顕輔に贈った歌。

＊ながめする……――物思いにふけって眺めていると、緑の空もかき曇って、所在なさを募らせる春雨が降ることだ。

＊思ひやれ……――思いやってください。雨でさえ降らない日があるのに、わたしの袖はあなたを思う涙で、今日の長雨のようにずっと濡れています。

29

よとともにたえずも落つる涙かな人はあはれもかけぬ袂《たもと》に

【出典】新勅撰集・恋一・七〇七

毎晩毎晩、時を重ねて、とめどなく涙が袂に落ちかかるよ。恋しい人は少しも情けをかけてはくれないのに。

歌い出しの「よとともに」は、現代語に訳そうとすると、とても難しい。早く『古今集』（恋二）に初句を「よとともに」とする恋歌が見える。

世*とともに流れてぞ行く涙川冬も凍らぬ水泡《みなわ》なりけり

この歌では、時を重ね、人を愛し、人生を歩んでゆく中で、「涙川」（たくさんの涙の比喩）が流れ続けることを「世とともに」と表現している。俊成には掲出歌以外にも「よとともに」と詠み出す歌がある。

＊世とともに流れて……――絶えることなく流れてゆく涙の川は、冬にも凍らない水の泡となることだ、の意。「流れ」に「泣かれ」が掛かる。「世」に「夜」が掛かると

よとともに面影にのみ立ちながらまた見えじとはなど思ふらん

（長秋詠藻）

「よとともに」恋しい人の「面影」が立つと詠むこの歌の場合、「よとともに」の「よ」には、「夜」も意識されているのだろう。

掲出歌でも「よとともに」は、「世」と「夜」の意味が掛かっているように思う。恋しい人を想って涙を流すのは、夜のほうがぴったりくる。

絶えることなく、恋しい人を想って落ちる涙。その涙は袂に落ちかかるのに、肝心の恋しい人はわたしに見向きもせず、情けもかけてくれない。ここで「落つる」と「かけぬ」は、表現上、対照が意識されている。

ところで、このように嘆いている〈わたし〉は男と女のどちらだろうか。この歌は、「法勝寺十首会」で、「恋」題で詠まれた。題詠なので、〈わたし〉は男でも女でもあり得る。毎晩泣いて振り向いてほしいと願うのは女？　いやいや、恋の初期の題詠歌は、断然、男の立場の歌が多いので、『新勅撰集』で恋一にこの歌を撰入した定家は、男の立場の歌と考えた可能性がある。

いう説もある。

＊よとともに面影…——毎晩、あの人は面影にだけは立っているのに、二度と逢えないと、どうして思えましょうか、の意。「右大臣家百首」（↓06番歌）で「遇不逢恋」題で詠まれた。

＊法勝寺十首会——↓14番歌

30

憂き身をば我《われ》だに厭《いと》ふ厭へただそをだに同じ心と思はむ

【出典】新古今集・恋二・一一四三

つらいこの身を、本人のわたしだって嫌っているのです。だからあなたもわたしを嫌ってください。せめてそれだけでも、あなたと同じ気持ちだと思いたいのです。

【語釈】○憂き身―「述懐百首」中の一首であることを考えると、恋の悩みゆえに自身を「憂き身」と感じているだけでなく、不遇の嘆きも重ねられている。

俊成二十代後半に「述懐百首」*で「片思」という題で詠まれた歌。

恋しくてたまらない相手に、どうしても気持ちが通じない。自分で自分が嫌になる。でも、この〈わたし〉を嫌いという想いだけはあなたと同じ。そこにすがりつくしかない。そんな切ない気持ちを詠んでいる。

早く『古今集』（恋四）に、同じように「せめてそれだけ」と、一つの切ない望みに賭けようとする恋歌がある。

＊述懐百首―→20番歌

あかでこそ思はむ仲は離れなめそをだに後の忘れがたみに

ただし、こちらは一度は思い合った仲で、嫌いになる前に別れて、この恋を美しい思い出にしたいと言っているのだから、まだ救いがある。

俊成と同時代では、藤原実定がこんなふうに歌っている。

恋ひわびて絶えん命ぞ惜しからぬそをだに君がゆかりと思はむ
（林下集）

恋によって命を失うことをいう「恋死」は、よく恋歌に詠まれるが、現代人には大仰な身振りが目に立って、共感しにくいのではないだろうか。

また、掲出歌と同様、自分を嫌ってほしいと詠む歌も同時代にある。

よそながらあはれと言はむことよりも人伝《ひとづて》ならで厭へとぞ思ふ
（詞花集・恋上・藤原成通《なりみち》）

こうした同時代の歌に比べると、俊成の掲出歌は、より内省的な感じがする。自分で自分が嫌いになる――特に片思いの時には誰でもそんな気持ちになるものだろう。

＊あかでこそ……――思いあっている仲ならば、飽きてしまわないうちに別れましょう、そして、飽きることはなかったということだけを後々の忘れ形見にしましょう。

＊藤原実定――→17番歌

＊恋ひわびて……――恋することが苦しくて死んでしまっても命は惜しくない。あなたから嫌われて死んだ身という、それだけをあなたのゆかりと思おう。

＊よそながら……――可哀そうに思っていると人づてに聞くくらいなら、直接会って嫌ってほしい。

31

いかにせん室《むろ》の八島《やしま》に宿《やど》もがな恋の煙《けぶり》を空にまがへん

【出典】千載集・恋一・七〇三

いったいどうしたらよいのだろう。ああ、室の八島に住まいがあったらいいなあ。そうしたら、わたしの胸から立ち上る恋の煙を空にまぎれさせてしまうのに。

【語釈】○室の八島――下野国の歌枕。現在の栃木市惣社町の大神《おおみわ》神社のあたりとされる。

このような恋歌が、現代人には、もっとも共感しにくい歌だろう。歌人の塚本邦雄*は、「読む人の心を奪いあるいは涙をさそうような趣」がまったくない、と批判している。掲出歌は、「右大臣家百首*」で「忍恋」題で詠まれた一首。自身の体験から切ない思いを詠むのが、恋歌のよいところなのに題詠だなんて。しかも、「室の八島」とか「恋の煙」とか、いったい何だろう。さっと読んだだけでは、さっぱり訳がわからない、と思うのがふつうだろう。

*塚本邦雄は……――『藤原俊成・藤原良経』（一九七五）。

*右大臣家百首――→06番歌

「室の八島」は下野《しもつけ》国の歌枕で、芭蕉も『奥の細道』の旅でわざわざここを訪れている。古歌に、

*下野や室の八島に立つ煙思ひありとも今こそは知れ　（古今六帖）

とあることがもととなって、絶えず「煙」が立っているところと考えられた。一〇世紀の歌人*藤原実方《さねかた》は、この古歌に拠って次のように歌う。

*いかでかは思ひありとも知らすべき室の八島の煙ならでは　（詞花集・恋上）

*源俊頼は、この「煙」を、野中の清水から立つ水蒸気の立つ様子が「煙」に見えるのだ、と説明しているが、異説もあって、実態が問題となった歌枕である。

「恋の煙」とは、恋しい人を思って胸を焦がすと、胸から立ち上るものとされた。一一世紀に活躍した伊勢大輔《いせのたいふ》は、

*霧まよふ秋の空にはことごとに立つとも見えぬ恋の煙を　（伊勢大輔集）

と詠んでいる。もちろん、当時の人たちも、現実にそんなことが起こると信じていたわけではない。胸の中で燃え上がる激しい恋心、というのなら、わ

*下野や……――下野の室の八島に立つ煙のように、わたしは恋心を胸に燃やして煙が立っています。それを今こそあなたに知ってほしい。

*藤原実方―陸奥守として下向して任地で客死。多くの説話を生む。

*いかでかは……――どうやったらわたしがこんなに思っていると知らせられようか。室の八島の煙でなければ知らせることはできないよ。

*源俊頼は……――『元永元年十月二日内大臣家歌合』四十九番判詞。他に竈《かまど》のこととする説があった。俊頼↓13番歌

*霧まよふ……――霧が立ちこめた秋の空には、何かと立ち上るわたしの恋の煙も見えないでしょうね、こんなに恋しく思っているのに。

たしたちにも理解できる。それをイメージ化して、「恋の煙」という言葉に凝縮してしまったのだ。歌は三十一文字しかないので、こうしたイメージを凝縮した歌ことばが発達したのである。

俊成の掲出歌が詠まれた「忍恋」という題は、恋の初期、まだ胸に秘めて誰にも知られたくない、という段階の恋心を詠み、多くの場合、男の立場で詠まれる。抑えきれない思いを抱く〈わたし〉の「恋の煙」は、どうやっても立ち上ってしまう。それなら、いっそいつも煙が立っているという「室の八島」に住まいがほしい。そうしたらきっと「恋の煙」も空にまぎれて、〈わたし〉の恋心を隠すことができるだろう、というのである。

「室の八島」のもととなった古歌や実方歌では、自分の恋心を相手に知ってほしい、という気持ちを詠んでいるが、俊成歌の場合、それを反転させて、抱き始めたばかりの恋心を秘密にしておきたい、という思いを歌にしている。

「いかにせん」*と初句に置いて詠み出す恋歌は珍しくない。先に読んだ俊成の恋歌（26番歌）も同じ歌い出しだった。耳になじんだ歌い出しは、だからこそ心地よい調べでもある。そして、第二句以下で、どれだけ鑑賞者をうならせる展開ができるかが勝負になる。俊成は、掲出歌では「室の八島」と

＊「いかにせん」と……たとえば、「いかにせむ命は限りあるものを恋は忘れず人はつれなし」（拾遺集・恋一・読人不知）、「いかにせん数ならぬ身に従はで包む

いう少々問題のある歌枕を取り上げ、「恋の煙」という聞き慣れた歌ことばを使いながら、恋の初期の切ない思いを歌い上げている。しかも、いろいろ工夫を凝らしているのに、彫琢《ちょうたく》の跡を少しも感じさせない。

いかがだろうか。初めは訳がわからないと感じた歌の印象が、こうして一つ一つの言葉を丁寧に解きほぐしていくと、変わらないだろうか。俊成はこの歌を『千載集』に自撰して、恋一巻末という特別な位置に据えた。息子の定家も『近代秀歌』*『詠歌大概』*の秀歌撰に入れて、父の代表歌としている。

袖よりあまる涙を」（金葉集・恋上・読人不知）など。

＊近代秀歌――→16番歌

＊詠歌大概――→23番歌

32

思ひきや榻《しぢ》の端《はし》書《が》き書きつめて百夜《ももよ》も同じまろ寝せんとは

【出典】千載集・恋二・七七九

こんなことになろうとは思いもしなかった。榻の端に自分が通ってきた証を書きつのって、百夜もの間、着物を着たまま、一人仮寝をすることになろうとは。

【語釈】○まろ寝—帯も解かないで着物を着たまま寝ること。

一読して思うことは、「榻の端書き」って、いったい何？ということだろう。それは現代人だけの疑問ではない。実は俊成の時代に、「榻の端書き」とは何のことなのか、ということが盛んに論じられている。俊成は、この歌で話題の歌ことばを詠みこなすことに挑戦しているのである。

「榻」は、牛車の乗る時の踏み台のことを言う。＊『奥義抄《おうぎしょう》』が語る由来譚によると、昔、男から求愛されたある女が、「これから百夜通ってきて榻に寝

＊奥義抄—藤原清輔著の歌学書。一二世紀末成立。この部分は藤原公任著の歌学書

たら、あなたの言うことをききましょう」と伝えた。「百夜」――三ヶ月以上、毎晩である。女は、わたしを本当に愛しているなら誠意を見せてほしいと言っているのだ。通い婚の時代、いったん恋愛関係になったら、女の立場は大変弱いもので、男を待つことしかできない。そうやすやすと関係を結ぶわけにはいかないのである。男は女の言葉に従って、毎晩通って榻に寝て、その端に通った夜の数を書き付けるが、百晩目の夜、親が急死して行くことができなくなってしまう。そこで女は、

　*暁《あかつき》の榻の端書き百夜書き君が来ぬ夜は我ぞ数書く

という歌を男に送ったという。男に代わって数を書くと歌う女が、その後、男に逢ったのか、逢わなかったのか。そこのところは明確に語られていないが、やはり、女は逢わなかったと歌人たちは考えたらしい。「榻の端書き」は、この、いわゆる〈百夜通いの伝説〉に由来して、逢いがたい女を象徴する歌ことばとして用いられる。

　しかし、これにはいろいろと問題がある。そもそもは、大変よく似た「シギノハネガキ（鴫の羽掻き）」という歌ことばがあって、こちらは、鴫が飛び立とうとして羽ばたくことを言う。そこから「シヂノハシガキ」という歌

『歌論議』からの引用。『歌論議』は現在は散佚。

*暁の……暁に通った数を榻に書いて百日めの夜、あなたが来ない夜はわたしが数を書くのです、の意。『古今集』（恋五）には第二、三句「鴫の羽がき百羽《ももは》がき」として入集。

ことばが派生し、さらに、その由来を説明する物語まで作られたというのが実情のようだ。俊成の時代の歌人たちの中には、*そうした歌ことば誕生の事情に気づいた者もいたが、事情がどうあれ、*想像力を掻き立てる歌ことばであることに変わりはない。中には慈円《じえん》のように、「榻の端書き」「鴫の羽掻き」のどちらも認めて、

*とにかくに憂き数かくや我ならん榻の端書き鴫の羽掻き
（千五百番歌合・恋三）

と、一首に二つとも詠み込んでしまった歌人もいる。

さて、掲出の俊成歌は、嘉応二年（一一七〇）一〇月一六日の『建春門院北面歌合』で詠まれた一首。俊成五七歳。題は「臨期違約恋」で、「その時になって約束を破る恋」という少々変わった題である。歌の中の〈わたし〉は、百晩通ったら、という女の言葉を信じて通い続け、通った夜の数を榻に書いていく。ここまでは由来譚と同じ。だが、掲出歌の〈わたし〉のほうは、「百夜も同じ」とあるので、百日目も通うことができて、とうとう念願の夜を迎えたのだ。ところが、女は約束を反故《ほご》にして逢ってはくれず、〈わたし〉は「まろ寝」をする羽目になった。ああ、こんなことになるなんて。男のため息が

*そうした……―顕昭は『袖中抄』にこの歌ことばを取り上げて、「和歌には一つ言葉をとかく書きなして物語を作り出だす事多かり」と記す。

*想像力を……―百夜通いの伝説は広く知られて、後には謡曲「通小町《かよいこまち》」を生み出した。小町のもとに通い続けた深草少将は九十九夜目に死んだとされる。

*とにかくに……―とにかく、つらいことを数え上げるのはわたしなのだろう。榻の端書きや鴫の羽掻きのように。

聞こえてきそうだ。もしかしたら、女は初めから男に逢う気など、さらさらなかったのかもしれない。

この歌も前歌（31番歌）と事情は同じである。題詠で、しかもよくわからない歌ことばが使われていて、理解が難しい恋歌である。さらに、初句に「思ひきや」と置くのも、実は古くから恋歌にあるパターンで、俊成の独創ではない。その点も前歌とよく似ている。しかし、こうして読み解くと、物語が背景となって、歌に深みや広がりが生まれていると感じないだろうか。男のやるせない気持ちが、ひしひしと伝わってくる。この歌の歌合の判者は俊成自身だったが、「みながよいと言ってくれるから」と一応言い訳して、自分の歌にもかかわらず、「勝」としている。さらに、『千載集』*にも自撰して、恋二の巻末に据えた。*定家も父の代表歌とする歌なのである。

＊『千載集』にも自撰……──頓《とん》阿《あ》著『井蛙抄《せいあしょう》』は、俊成が初めに自撰した一一首のうちの一首で、「玄の玄」の歌とする。

＊定家も……──『近代秀歌』（流布本↓16番歌）で俊成代表歌七首のうちの一首とする。

33

頼めこし野辺の道芝《みちしば》夏深しいづくなるらん鵙《もず》の草ぐき

【出典】千載集・恋三・七九五

「また逢いましょう」というあなたの言葉を信じ続けて、やって来た野辺の道には草が深々と繁っている。夏が深まったのだ。あなたが自分の家の目印と言った「鵙の草ぐき」はいったいどこだろう。

【語釈】○頼めこし―「頼む」は相手に当てにさせること。「こし」は、その状態が続いたという意と、やって来た、の意を掛ける。○道芝―雑草のこと。男の通い路に生えるものとして、涙を暗示する「露」とともに恋歌によく詠まれる。

この歌の理解のポイントは、「鵙の草ぐき」という歌ことばにある。これも、前歌（32番歌）の「榻の端書き」や前々歌（31番歌）の「室の八嶋」と同じように、俊成の時代にあれこれと議論された歌ことばである。それを俊成はいち早く歌に詠んで、後にその歌を『千載集』に自撰している。

「鵙の草ぐき」を詠む例は、平安初期に「春されば鵙の草ぐき見えずとも我は見やらん君があたりをば」（古今六帖）という歌が見えるが、その後、しばらく誰も取り上げなかった。そもそも*は『万葉集』に見える歌ことばで、平安末になって『万葉集』に対する関心が高まったことで、再び歌人たちの興味を引き、解釈に諸説*が生まれ、その由来の物語も作られた。『奥義抄*』が語る由来譚は、野で出会った女が、鵙のいる草の茎を指して、自分の家はこの草茎の方向の里にあります、と言って、男と再会を約束したが、翌春、男が訪ねると野には霞がたなびいてすべてを覆い隠していた、というものである。謎めいた女は鵙の化身を思わせる。

俊成の掲出歌は、後白河院が御所である法住寺殿*《ほうじゆうじどの》で開いた供花会*《くげえ》の後の歌会で詠まれた。題は「契後隠恋」。一度は逢えたのに、相手が姿をくらませてしまう、という題意で、男の立場で詠まれた。掲出歌の〈わたし〉は、由来譚のような物語世界に生きる男。女の約束を信じて、暑い盛りの野辺にやって来た。しかし、野にはただ夏草が生い繁るばかり。茫漠とした野辺の風景は、女には二度と会えないと知った男の心象風景に重なる。

この歌が詠まれた歌会は、身分の低い歌人が中心で、いく分くだけた雰囲気が漂っていたと言われる。そうしたことが、問題の歌ことばをいち早く詠みこなすという試みを、俊成にさせているのだろう。

*そもそもは……—『万葉集』(巻十)。現訓は「モズノカヤグキ」。

*諸説—『奥義抄』の由来譚の他に、モズは山城にある野の名でクサグキは草の茎のこと、霞のこと、「鵙の速贄《はやにえ》」のこと、などという説があった。現在は、鵙が草に潜って姿が見えなくなることとされる。

*奥義抄—→32番歌。顕昭は『袖中抄』で、この由来譚は確かな説ではなく、万葉歌から新しく作られたのではないかと批判する。

*法住寺殿—東山に造営された院御所。現在の三十三間堂(蓮華王院)はその一部。

*供花会—仏に生花をささげる法会。後白河院は親王時代から約四〇年間、毎年五月と九月に供花会を主催し、その後宴に歌会を催すことがあった。

34

逢ふことは身を変へてとも待つべきを世々を隔てんほどぞ悲しき

【出典】千載集・恋四・八九七

恋しい人と逢うことは、来世に生まれ変わってからを待つしかないのだろう。でも、そうなると、あの人が生きるこの世と、わたしが待つ来世とで隔てられた時を過ごすことになる、その間がなんとも悲しい。

治承三年（一一七六）一〇月一八日の『右大臣家歌合』*で「恋」題で詠まれた一首。判者となった俊成は、この歌に「なんとも言えず深く感じられ、趣ある詠みぶり」と、珍しくはっきり自讃の判詞《はんし》を書き付けている。後に『千載集』に自撰して恋四に入れた。勅撰集の恋歌が恋の進行順に並べられていることを考えると、恋がそろそろ終わりそうな頃の歌ということになる。

＊右大臣家歌合―右大臣藤原兼実主催の撰歌合。俊成が後日判を付した。俊成六五歳。

「身を変ふ」とは、仏教的な世界観に基づいて、現世から来世に生まれ変わることを言う。当時の人は、あまりにつらい現実に耐えかねる時、来世に生まれ変わることを願った。たとえば、源平の合戦で戦死した平資盛《すけもり》は、都落ちをする前から、もう自分は身を変えたと思っている、と恋人の建礼門院右京大夫に告げている（建礼門院右京大夫集）。

掲出歌の〈わたし〉の場合、恋人との仲は冷え切っていて、もうこの世で逢うことはかなわない、と諦めているのだろう。それでも恋人への思いは断ちがたい。ならば「恋死」をして、来世での逢瀬に賭けるしかない、と思い詰めている。でも、そうなったら〈わたし〉とあの人は生きている「世」が遠く隔たってしまう。

この歌は、恋人と毎晩会えないことを嘆く次の歌を本歌*としている。

*逢ふことの夜々《よよ》を隔つる呉竹《くれたけ》の節《ふし》の数なき恋もするかな

（後撰集・恋二・藤原清正）

俊成は、この「夜々」を「世々」に代えて、現世と来世で隔てられる悲しみに転換した。ただ、俊成の歌にも本歌の「夜々」の意味は響いている。当時は、恋人と二人きりの時間を過ごすのは夜しかなかったのだから。

*本歌と……『源氏物語』朝顔巻で光源氏が源典侍に送った「身を変へて後も待ちみよこの世にて親を忘るるためしありやと」という歌を受けて、源氏に返歌した体《てい》の歌という指摘もある（久保田淳・一九七三）。

*逢ふことの……逢うことが呉竹の「節《よ》」のように幾夜も隔てられ、「節《ふし》」ではないけれど「臥し」の数が少ない恋をすることだ。

35

憂き世には今はあらしの山風にこれや馴《な》れゆく初めなるらむ

【出典】新古今集・哀傷・七九五

もう今は、つらいこの世にとどまっているのはやめよう、と思って籠《こ》もった嵐山に山風が吹く。この山風に馴れてゆく、これがその初めなのだろうか。

母（敦家《あついえ》の娘）の喪に服して、嵐山の法輪寺に籠もっている時に、夜に嵐となって詠んだ歌である。保延五年（一一三九）、俊成は二六歳だった。

法輪寺は、霊験あらたかな寺として名高く、貴賤《きせん》を問わず多くの参詣者を集めていた。『梁塵秘抄《りょうじんひしょう》』の「霊験所歌」には「いずれか法輪へ参る道　内野通りの西の京」という今様《いまよう》が見える。俊成祖父の大納言忠家の墓所が近辺にあるなど御子左家《みこひだりけ》との縁も深く、はるか後年、俊成が七〇歳を過ぎて定家

【語釈】○今はあらし―「(今は)あらじ」と「嵐」の掛詞。先行例に「世の中をあき果てぬとや小雄鹿《さおしか》の今はあらしの山に鳴くらん」(金葉集・秋・藤原顕仲)など。

＊西行―一一一八〜九〇。俗名佐藤義清《のりきよ》。法名円位。平安末を代表する遁世歌人。

を伴って参詣したという記録が残る（明月記《めいげつき》）。俊成と同世代の西行*も出家*前後に一度ならず法輪寺を訪れているが、西行の出家時期を考えると、おそらく俊成が参籠していた時期と、それほど離れてはいないと思われる。
現在、嵯峨・嵐山は賑やかな観光地だが、それでも夜はやはり静けさに包まれる。少し山を登った小高いところにある法輪寺は、なおさらだろう。母を喪った悲しみを胸に、法輪寺に籠もった俊成が嵐の夜に遭遇したのは、「これや馴れゆく初め」とあるので、籠もって間もなくのことで、季節*は秋か冬。
早くに父を亡くした俊成は、貴族社会の中で思うにまかせぬことが多く、

　*雲の上に心ばかりはあくがれて浮き州《す》に迷ふ鶴のみなしご

と、自分を鶴の「みなしご」にたとえて嘆いていた。この頃近親者*との別れが続き、今また母が亡くなって、孤独感を募らせている。
翌保延六年、西行が二三歳という若さで出家して貴族社会に衝撃を与えた。俊成も大きく動揺した一人だったろう。「憂き世には今はあらじ」と歌う、その気持ちに嘘はなく、決して軽いものではなかったろうが、それでは実際にすべてを捨てて出家できるかと言えば、ことはそう簡単ではない。そういう道を俊成は選ばなかった。

*出家前後に……——西行の『残集』詞書「いまだ世遁《のが》れざりけるそのかみ、西住具して法輪に参りたりけるに……」、『山家集』詞書「秋の末に法輪に籠もりてよめる」。

*季節は秋か冬——『長秋詠藻』で続く歌の詞書に「正月」とあるので、それ以前。

*雲の上に……——雲の上に憧れながら浮き洲でさまよっている親のない鶴、わたしも宮中に憧れてはいるが、不遇なままつらい気持ちでさまよっているのだ、の意。『為忠家初度百首』（雑「州鶴」）。俊成二一歳。この他にも自身を「みなしご」と捉える歌がある。

*近親者との別れ——外祖母兼子が六年前に亡くなり、母の兄弟敦兼が前年に出家（久保田淳・一九七三）。

36

秋になり風の涼しく変はるにも涙の露ぞしのに散りける

【出典】俊成家集

秋になって、風が涼しく変わるにつけても、しきりに涙の露が散ることだ。

建久四年（一一九三）二月一三日、妻の美福門院加賀*が亡くなった。俊成八〇歳の時のことである。三〇歳前後に苦しい恋の末に結ばれ、定家を初め、多*くの子供に恵まれ、五〇年近く連れ添ってきた最愛の妻だった。『俊成家集』には妻を亡くした哀しみを歌う哀傷歌群が残されているが、亡くなった直後の歌はない。ただただ呆然として言葉を失っていたのだろう。六月末になって、ようやく哀しみが歌となってほとばしり出る。そして、七月九日、秋風

【語釈】○しのに―しきりに、の意。「しの」に「篠」の意が響いて、「涼しく」の掛詞「すず（篠竹《すずたけ》）」と縁語関係を結ぶ。当時解釈が分かれた問題の言葉で、俊成も一家言もっていた（古来風体抄）。

＊美福門院加賀―→25番歌

が激しく吹いて、雨が降った日、定家が俊成の五条邸にやって来て、歌を書き置いて帰った。

　　たまゆらの露も涙もとどまらず亡き人恋ふる宿の秋風

亡き人を恋う住まいに秋風が吹き、露もそして涙もとどまることなくこぼれ落ちる。「*たまゆらの」という言葉の美しい響きが印象的な歌で、後に『新古今集』（哀傷）に入集している。その定家の歌に俊成が返したのが掲出歌である。この贈答より先、六月末に俊成は、

　　嘆きつつ春より夏も暮れぬれど別れは今日の心地こそすれ

と歌っている。二月半ばに愛する人を亡くしてから、哀しみが少しも薄れないまま時は過ぎて、いつの間にか夏が暮れていた。そして、風は明らかに涼しくなって秋を告げている。

*定家詠は『源氏物語』の二、三の場面を想起して自身を夕霧に重ねたもので、*対する俊成詠は同じ『源氏』の御法《みのり》巻の紫の上絶命の場面を二重写しにして応えたものと指摘される。紫の上と源氏の最期の別れは、風がひどく吹く秋の夕暮のことだった。『源氏』は単なる読み物ではない。これ以上ない哀しみを経験した時に、思いを託すことのできるものだった。

＊多くの子供―男子は定家の兄に成家、女子は八人が知られ、みな八条院など高貴な女性に女房として仕えている。定家の姉の健御前は『たまきはる』の著者。

＊たまゆらの―ほんのしばらくの間、の意。「たま」に「玉」が響いて、「露」「涙」の縁語。

＊定家詠は……―久保田淳『藤原定家』（ちくま学芸文庫、一九九四）。

＊対する……―渡部泰明（二〇一七）。

37

まれにくる夜半《よは》も悲しき松風をたえずや苔の下に聞くらむ

【出典】新古今集・哀傷・七九六

たまにやって来る夜半に聞いても悲しい松風を、亡き妻はいつも苔の下で聞いているのだろうか。

前歌と同じく亡くなった妻の美福門院加賀を思って詠まれた歌である。建久五年（一一九四）二月一三日、妻の一周忌に*俊成は墓所のある法性寺《ほっしょうじ》に泊まった。法性寺は、かつて東山から伏見にかけて広大な寺域を誇っていた寺院で、現在の東福寺がその一部である。ここに妻の父である藤原親忠の家代々の墓があったと推測されている。

「苔の下」は、墓の下、亡き人が眠る場所である。前年六月末頃、法性寺

＊妻の一周忌に……『俊成家集』詞書に拠る。『俊成家集』では初句「かりそめの」。

＊「苔の下」を思う歌……この三首を含む俊成の哀傷歌

の妻の墓所を訪ねた俊成は、*「苔の下」を思う歌を三首も詠んでいる。

思ひかね草の原とて分け来ても心を砕く苔の下かな　（俊成家集）

草の原わくる涙は砕くれど苔の下には答へざりけり　（同）

苔の下とどまる魂《たま》もありと言ふ行きけん方《かた》はそこと教へよ　（同）

*「草の原」は墓所を指すが、これも前歌（36番歌）同様、『源氏物語』に拠る表現である。俊成は『源氏』を現実の自分の生に寄り添わせていた。

一周忌を迎えて詠まれた掲出歌は、一見この時点よりは落ち着いた感じがする。しかし、哀しみが薄らいだわけではなく、心の奥底に深く沈潜したのだろう。「苔の下」で「松風」を聞く妻を思いやり、自分も土の下に一人で眠る冷たさと寂しさを体感している。

さらに、家集では、妻の側にいたい、と心の底から願う歌が続く。

*思ひきや千代と契りし我が仲を松の嵐に譲るべしとは　（同）

*いつまでか来てもしのばん我もまたかくこそ苔の下に朽ちなめ　（同）

現在、東福寺の南、深草願成町に「五条三位俊成卿墓所」とされる所があり、二つ並ぶ五輪塔の一つが俊成の墓と伝える。妻の墓所は知られないが、二人並んで眠っていてほしいと願わずにいられない。

を伝え聞いた式子内親王は深く同情し、弔問の歌一〇首を俊成に贈った。俊成は式子の和歌の師。『古来風体抄』の執筆依頼者は式子かと推測されている。

＊「草の原」は……花宴巻「憂き身世にやがて消えなば尋ねても草の原をば問はじとや思ふ」（朧月夜）。俊成がこの表現をめぐって「源氏見ざる歌詠みは遺恨のことなり」（六百番歌合）と発言したことは著名。

＊思ひきや……かつて想像しただろうか。千代までもと約束した私たちの仲だったのに、離ればなれになって、あなたを松の嵐にまかせてしまうなんて。

＊いつまでか……いつまでこうして墓所にやって来てあなたを偲ぶだろうか。わたしもまた同じように苔の下に朽ちてしまいたい。

38

憂き夢は名残までこそ悲しけれこの世の後《のち》もなほや嘆かん

【出典】千載集・雑中・一一二七

つらい夢はその名残まで悲しいことだなあ。夢のようなこの世の名残として、後生でもやはり嘆きの日々は続くのだろうか。

俊成二〇代後半の「述懐百首*」で「夢」題で詠まれた一首。

掲出歌のように「夢」の「名残」を詠む場合、和歌の伝統の中では恋の歌であることが断然多い。先に挙げた「いかにせん」(26番歌)という俊成の恋歌でも、女の返歌は逢瀬を「夢」と表現して、その「名残」で物思いに沈むことを詠んでいた。

だが、掲出の俊成歌は、恋に限定されない、この世に生きていく上でのつ

*述懐百首――→20番歌

らさを問題としている。そして、そこから来世へと思いは飛躍する。夢の名残がこんなに悲しいのだから、夢のような今生の後にやってくる来世もまた、同じような嘆きが続くのではないか。「夢のようなこの世」と言うと、現代では、夢かと思うほど素晴らしい現世という意味に受け取るのが一般的だろう。当時は、逆に、仏教的な世界観から、夢のように不確かで、真実に目覚めることのない迷いの世界を意味した。

『千載集』では、俊成歌の前に、

*憂きことのまどろむほどは忘られて覚《さ》むれば夢の心地こそすれ　（読人不知）

*いづくとも身をやるかたの知られねば憂しと見つつもながらふるかな　（紫式部）

の二首が置かれている。いずれもこの世での生きにくさを歌っている。この二首を受けて、来世にまで続く嘆きへの不安を詠む俊成歌が並ぶ。つらく苦しい夢を見た後、目覚めてからも、その気分を引きずってしまうというのは、現代に生きるわたしたちにもよくわかる。しかし、そこから来世の悲しみまで想像するところが、中世に生きる人々なのだ。

*憂きことの……――つらいことは、うとうととまどろむ間は忘れることができて、目覚めると、まるでこの世は夢のような気持ちがすることだ。

*いづくとも……――我が身をどこへやったらよいのかわからないので、つらいこの世と見ながらそのまま過ごしているのだ。

39

世の中よ道こそなけれ思ひ入《い》る山の奥にも鹿ぞ鳴くなる

【出典】千載集・雑中・一一五一

世の中よ、ああ、ここから遁《のが》れる道はないのだなあ。思い詰めて入ったこの山奥にも鹿が鳴いているよ。

掲出歌は『百人一首』に入っているために、現在、俊成の歌としてもっともよく知られた歌だろう。前歌（38番歌）と同じく「述懐百首」*で「鹿」題で詠まれた。つまり、俊成二六、七歳頃の歌ということになる。『百人一首』は歌人像と一緒に楽しまれることが多いので、なんとなく年老いた男性の嘆きの歌だと思っていなかっただろうか？　実は、世に受け入れられないと不遇感を抱いていた、まだ若い頃に詠まれた歌なのだ。

*述懐百首→20番歌

先に「住み侘びて」の歌（16番歌）のところでも記したが、当時の人々はこの世での暮らしに行き詰まった時に、山奥に身を隠したいと考えた。掲出歌の〈わたし〉も思い詰めて山の奥にやって来たのだ。すると、そこで鹿が鳴いているではないか。鹿の声は、『古今集』（秋上）で、

奥山に紅葉踏み分け鳴く鹿の声聞く時ぞ秋は悲しき　（読人不知）

と詠まれているように、悲しみを誘うものである。ウェブ上を探すと、実際の鹿の鳴き声が出てくるので、試しに聞いてみてほしい。悲しげな鳴き声に胸を締め付けられるような気になる。当時の人々は、現在よりずっと身近にこの鳴き声を聞いていただろう。平安初期には次のような歌も詠まれている。

*いかばかり憂き世なればか鹿の鳴く奥山までに人の入《い》るらん　（順集《したごうしゅう》）

鹿が鳴く奥山にまで入るのはよほどのこと。俊成歌の〈わたし〉は悲壮な決意をもって山に分け入り、そこで悲しげな鹿の声を聞き、大きなため息をついている。しかし、一歩引いて歌の世界を見るとどうだろう。胸を締め付けるような鹿の声が響く〈わたし〉のいる空間は、あわれで美しくもある。

定家が『*近代秀歌』にも入れて父の代表歌としただけでなく、俊成の歌を理想とした*後鳥羽院も『*時代不同歌合』に代表歌として選んだ一首である。

*いかばかり――いったいどれだけこの世がつらくて、鹿の鳴く奥山にまで人は分け入るのだろうか。

*近代秀歌――→16番歌

*後鳥羽院――一一八〇～一二三九。『新古今集』下命者。自身も優れた歌人。承久三年（一二二一）承久の乱で隠岐配流。『後鳥羽院御口伝』に「釈阿（俊成）は、やさしく艶に、心も深く、あはれなるところもありき。殊に愚意に庶幾する姿なり。」と記す。

*時代不同歌合――隠岐配流後の編。時代を同じくしない一〇〇人の歌人の歌各三首を左右に分け、結番した。

40

沢に生《お》ふる若菜ならねどいたづらに年をつむにも袖は濡れけり

【出典】新古今集・春上・一五

沢に生えている若菜を摘もうとすると袖は濡れるもの。その若菜を摘んでいるわけではないけれど、むなしく年を積み重ねても、袖は涙で濡れてしまうことだなあ。

この歌も「述懐百首」*の中の一首。題は「若菜」。

厳しい冬を越えて萌え出た若菜を、古代の人々は生命力の塊ととらえた。年頭に長寿を願って若菜を食べていたことが、現代のお正月の七草粥につながっている。長寿と結びつく「若菜」は、お祝いの場でよく歌に歌われた。

たとえば伊勢*は、尚侍《ないしのかみ》藤原満子の四十賀屏風*で、

春*の野の若菜ならねど君がため年の数をもつまんとぞ思ふ

【語釈】○年をつむ―年齢を積み重ねること。「つむ」は「積む」と「摘む」の掛詞で、「若菜」の縁語。

*述懐百首―→20番歌

*伊勢―平安初期を代表する女性歌人。

*四十賀屏風―四〇歳を祝う

（拾遺集・賀）

と詠んでいる。伊勢の歌では、若菜を「摘む」と、年を重ねるという意味の「（年を）積む」が掛詞《かけことば》になっている。

掲出歌は、この伊勢の歌を本歌としている。ただし、俊成が「つむ」と詠むのは、沢に生えている若菜で、具体的には「芹」のことになる。「芹」をめぐっては、高貴な女性*が芹を食べているところを、卑しい男が偶然見てしまい、恋い焦がれるという伝承がよく知られていた。ここから「芹摘む」は、かなわぬ苦労をすることをいう歌ことばになり、掲出の俊成歌も不遇感を詠んでいる。つまり、俊成は慶祝《けいしゅく》性を持つ「若菜」を取り上げ、ますますの長寿を願うお祝いの歌を本歌としながら、若菜を「芹」に限定することで、反転させて、我が身の不遇を嘆く述懐歌にしてしまっているのである。

晩年に自撰した家集『保延のころほひ』では、この歌を巻頭に据えている。五〇歳を過ぎて公卿に上り、その後出家はしたものの勅撰集の撰者という栄誉に浴したのだから、不遇感などもう過去のことかと言えば、そうではなかった。掲出歌だけでなく、「述懐百首」自体が、俊成にとっては常に振り返るべき原点ともいうべき意味を持っていたのだろう。

ための屏風歌。当時は四〇歳から一〇年ごとに長寿が祝われた。

＊春の野の……——春の野の若菜は摘むもの、その若菜ではないけれど、あなたのために年の数を積んで長寿となることを願いましょう。

＊高貴な女性が……——歌学書の『俊頼髄脳』『奥義抄』などに見える伝承。

41

世の中を思ひつらねてながむればむなしき空に消ゆる白雲《しらくも》

【出典】新古今集・雑下・一八四六

世の中のことをいろいろと思い続けて物思いにふけっていると、虚空に白雲が消えてゆく。

『久安百首』* で「無常」題で詠まれた一首。俊成は三〇代後半。

「思ひつらねて」は、『古今集』（秋上・躬恒）の、

憂きことを* 思ひつらねて雁がねの鳴きこそ渡れ秋の夜な夜な

に拠る表現で、次から次へと考え続けることを言う。この表現で、古今集歌では雁が連なり飛ぶ姿をイメージとして重ねているが、俊成歌では白雲が連なっているさまを想起させている。

＊久安百首――→05番歌

＊憂きことを……――つらいことを一つ一つ思い並べるように、列をなして雁が鳴き渡って行くよ、秋の夜ごとに。

しかし、その雲は、連なり流れたその先で「むなしき空」に消えてしまう。「むなしき空」は仏教語「*虚空《こくう》」の訓読語だが、歌に取り入れられたのは早く、『*古今集』にすでにその例がある。よく知られているのは、和泉式部が娘の小式部内侍を喪って詠んだ、「*などて君むなしき空に消えにけん淡雪だにもふればふるよに」（和泉式部集）という歌だろう。また、和泉式部には、俊成歌と同じように虚空を眺めて、「雲」が存在しないことを詠む歌もある。恋人の敦道《あつみち》親王の死を悼む次の歌がそれだ。

*明けたてばむなしき空をながむれどそれぞとしるき雲だにもなし

（和泉式部続集）

この場合、「雲」は火葬の煙を暗示し、それがはっきりとわからないというのは、亡き人の行方が生者には知ることができないことを意味する。

俊成歌の場合、そうした個別的な死の哀しみからは離れて、もっと一般化・抽象化した「無常」というものを歌で表現しようとしている。大空に浮かび連なる「白雲」。一所にとどまっていることはなく流れて、いつの間にか虚空に吸収されたかのように色も形もなくなっている。ここには、「無常」という観念的なものが、具体的なイメージとして提示されている。

＊虚空――大空、天空、の他、色も形も何もない思考・言語では捉えられないもの、という意味も持つ。

＊『古今集』に……――「わが恋はむなしき空に満ちぬらし思ひやれどもゆく方もなし」（恋一・読人不知）

＊などて君……――どうしてあなたは虚空に消えてしまったの。はかない淡雪でさえもこの世に降ればしばらくとどまっていられるのに。

＊明けたてば……――夜が明けると大空を眺めるけれど、それだとはっきりわかる雲さえもない。

42

いにしへの雲井の花に恋ひかねて身を忘れても見つる春かな

【出典】新勅撰集・雑一・一〇四五

昔見た大内裏の花が恋しくてたまらずに、出家した我が身を忘れて、この春は遠くから花を見てしまいましたよ。

安元二年（一一七六）九月、俊成は重病を患って六三歳で出家した（↓17番歌）。この歌は、詞書によると、出家後、*棲霞寺《せいか》に参詣した帰り道に大内裏の花の梢が盛りなのに行きあって、ひそかに花をうかがい見て、源頼政*の許《もと》に送ったものである。

俊成の最終的な官職は、父祖のことを考えると満足できるものではなく、官界では不遇であったという意識を出家後も持ち続ける。この歌にはそうし

【語釈】○いにしへ―ここでは出家以前を指す。○雲井―皇居。宮中。遠く離れたところの意を掛ける。○恋ひかねて―「…かぬ」は、…し続けることができない、の意。

＊棲霞寺―嵯峨にある清涼寺

た無念の思いがにじみ出ている。頼政の返歌は、

雲井なる花も昔を思ひ出でば忘るらむ身を忘れしもせじ

大内裏の花も昔のことを思い出したならば、ご自身は忘れるというあなたのことを、花は決して忘れはしませんよ、と慰めている。

頼政は俊成よりも一〇歳ほど年長で、武家の出身である。「大内守護」と称されて大内裏を守る立場にあったので、＊頼政は戯れに自身を皇居の花守のように見立てて、貴族や女房と何首も歌の贈答をしている。俊成が歌を贈る相手に頼政を選んだのはそのためだ。さらに、頼政は優れた歌人でもあったが、やはり官途に恵まれず、長らく不遇感を抱き続けていた。頼政ならきっと共感してくれるはず、という思いが俊成にはあったろう。

この贈答がいつ交わされたのか、はっきりしないのだが、恐らく俊成出家後間もない頃なのではないか。頼政は、治承二年（一一七八）に平清盛の推挙によって武士としては破格の従三位《じゅさんみ》に昇る。しかし、治承四年に＊以仁王《もちひとおう》とともに平家打倒の兵を挙げ、破れて自刃するという無慚な運命をたどったのである。

の前身。現在、阿弥陀堂として残る。

＊源頼政――→21番歌

＊頼政は……――たとえば、南殿《なでん》の花見に来た藤原実房に贈った歌に「あだならず守る御垣《みかき》の内なれば花こそ君にさはらざりけれ」（頼政集）がある。

＊以仁王――一一五一～八〇。後白河天皇皇子。以仁王の乱はわずか一〇日間で終わるが、このとき王が発した平家追討の令旨が諸国の源氏勃興に大きな影響を与えた。

43

雲の上の春こそさらに忘られね花は数にも思ひ出《い》でじを

【出典】千載集・雑中・一〇五六

宮中で過ごした春がまったく忘れられないことだ。宮中に咲く花は、わたしのことを取り立てて思い出しはしないだろうけれど。

前歌（42番歌）と同じく、不遇感を胸の底に抱きながら宮中の花を思う歌だが、こちらは「右大臣家百首」*の「花」題で詠まれた一首である。ただし、この歌にも俊成の実人生での出家という出来事が大きく影を落としている。『千載集』に入れる際に、「遁世の後、花の歌とて詠める」と、わざわざ出家後の歌であることを詞書で断っているのはそのためだろう。

思いを残したまま官界を去り、二年ほど。花の時節になると、宮中の日々

【語釈】○雲の上―宮中のこと。

*右大臣家百首―治承二年（一一七八）開催。俊成六五歳。→06番歌

が思い起こされる。しかし、我が身を振り返れば、宮中の花のほうでは、人《ひと》数《かず》にも入らないわたしのような者のことなど思い起こすはずがない。*前歌とどちらが先に詠まれたかわからないが、前歌の返歌で頼政は、大内の桜はきっとあなたのことを忘れない、と俊成を慰めている。しかし、そうは思えない。自身の家格の復興に掛ける思いの深さと、自分の存在の軽さの間に横たわる大きな落差。「花」を擬人化して、その嘆きを浮き彫りにしている。

*俊成は後に、この歌を次のように解説する。

この歌、殊《こと》なる事侍らず。ただ「花は数にも」といふ末句ばかり、ことよろしく思ひ給へて記し奉りけるに侍り。

格別な歌ではないけれども、ただ、「花は数にも」という末句だけはよいと思う、というのだ。この言葉には、もちろん謙遜が混じっていて、歌合で「勝」と定め、『千載集』に自撰しているのは相当な自信の表れである。

宮中の「花」を擬人化して不遇の嘆きを詠んだ歌としては、定家の、

*春を経《へ》てみゆきに馴るる花の陰《かげ》ふりゆく身をもあはれとや思ふ

が思い起こされる。俊成の家格再興の願いは定家に託されたが、定家の官界での歩みも決して順調ではなかった。

*前歌と……──前歌が頼政の叙従三位より前とすれば、前歌のほうが先。

*俊成は後に……──『慈鎮和尚自歌合』「大比叡」四番判詞。

*春を経て……──幾度もの春、左近の桜の下で御幸を迎えてきたが、こうやって年老いていく自分を花はあわれと思ってくれるだろうか、の意。『新古今集』（雑上）。後鳥羽院から自讃歌にするよう勧められた定家が、それを拒否したという問題の歌（後鳥羽院御口伝）。

葦鶴《あしたづ》の雲路《くもぢ》迷ひし年暮れて霞をさへや隔て果つべき

【出典】千載集・雑中・一一五八

鶴が雲の中で道に迷ったまま昨年は年が暮れました。その上、春霞にまですっかり隔てられたまま、帰る道もわからずに新しい年の春も終わるのでしょうか。

文治元年（一一八五）一一月二三日、五節《ごせち》の御前の試夜に、定家は源雅行と殿上で争い、ひどく嘲弄されて怒りを抑えられず、雅行を紙燭《しそく》で殴ってしまう。その結果、定家は除籍処分となり、そのままその年を越して、翌年三月になっても殿上《てんじょう》を許されなかった。俊成は、治天《ちてん》の君である後白河院に定家の処分が解けるよう嘆願書を提出した。俊成自筆とされる嘆願書案が現存するが、その日付は三月六日。そこに添えた歌が掲出歌である。

【語釈】○葦鶴―「鶴」の異名。もともとは葦が生い茂った水辺にいる鶴をいった。ここでは殿上から除籍された定家の比喩。俊成が我が子を心配する自身を「夜鶴」と称することと対応。

＊五節の御前の試夜―一一月の新嘗会で中の寅の日に行

嘆願書で俊成は、年若い者同士の戯れのような喧嘩なのだから、長期間、処分したままにすべきではないと道理を述べ、さらに、「*夜鶴《やかく》」の思いに耐えがたい、と憐憫《れんびん》の情に訴える。「夜鶴」は夜鳴く鶴のことだが、親の子を思う情が深いことをいうたとえとして用いられる。

掲出歌の「葦鶴」は、殿上することができなくなった定家をたとえたもの。「雲路」に迷った鶴のように、殿上への道を見失ったまま年が暮れて、春の暮を迎えてもに霞に隔てられるように戻ることが許されない、ずっとこのままでよいはずがない、という息子を心配する親心を前面に押し出している。

後白河院は俊成を憐れみ、定家を許すように指示を出した。定家はこの時二四歳、俊成は七三歳だった。院があわれに思うのも、むべなるかな。その院の仰せを*藤原定長が次の歌を添えて俊成の許《もと》にもたらした。

*葦鶴は霞を分けて帰るなり迷ひし雲路今日や晴るらん

俊成は、この贈答を『千載集』雑中巻末に置き、次のような左注を付ける。

この道の御憐れみ、昔の聖代にも異ならずとなむ、時の人申し侍りける。

こうした操作によって、御子左《みこひだり》家のごく私的な、ある意味、危機的な出来事が、後白河院の君臨する御代の素晴らしさを証する一齣《ひとこま》に格上げされている。

なわれる「御前の試み」の夜。天皇が五節の舞姫を清涼殿に召して舞御覧を行なう。この定家の事件については、藤原兼実の日記『玉葉』文治元年一一月二五日条に記される。

*紙燭―小形の照明具。紙や布を細く巻いた上に蝋を塗ったもの。

*六日―『千載集』詞書では「一日」。

*夜鶴―白居易の「夜鶴子を憶《おも》ひ籠中に鳴く」(新楽府)という詩句が典拠。

*藤原定長―一一四九～九五。光房の息子。後白河院近臣の実務官僚。このとき左少弁。

*葦鶴は…―鶴は霞を分けて帰って行きます。迷っていた雲路も今日は晴れるでしょう。この贈答は『家長日記』(→45番歌)にも記される。

45

小笹原《をざさはら》風待つ露の消えやらずこの一節《ひとふし》を思ひおくかな

【出典】新古今集・雑下・一八二二

小笹が生い茂る野原の、その笹の上の露が、風が吹けば今にも落ちて消えそうなのに残っている。そんなふうにわたしも今にも消えそうな命をなんとか保ってはいますが、この一つのこと—息子の中将転任のことだけが気がかりなのです。

【語釈】○小笹原風待つ露の—「消えやらず」を導く有《う》心《しん》の序。○この一節—「この」は「此の」と「子の」の掛詞。「一節」は定家の中将転任という、たった一つ気がかりな事。「節」は「小笹」の縁語。○思ひおく—気にかけること。「置

『新古今集』詞書は、この歌の詠まれた事情を次のように記す。

病限りにおぼえ侍りける時、定家朝臣中将転任のこと申すとて、民部卿
*範光もとにつかはしける

六〇代で大病して出家、八〇歳を過ぎて再び重病に陥った俊成は最期を覚悟する。その時たった一つ気がかりなのは定家が中将に転任できるかということだった。羽林《うりん》家の典型的な昇進コースは、侍従から近衛少将・中将をへ

て参議になり、中納言・大納言に至るというもの。定家は、一四歳で侍従、二八歳で左近少将になったが、官職は停滞し、建仁二年（一二〇二）閏一〇月二四日、四一歳の時に、やっと念願の左近中将への転任が認められた。この歌は、それ以前、俊成八八歳か八九歳ごろの歌ということになる。家格再興の夢を息子に託している俊成は、定家の中将転任を強く願っていた。

一面、小笹が生い茂る野。その小笹の上に置く露は、風が一吹きすればひとたまりもなく落ちて消えてしまう、本当にはかないものだ。もう落ちるばかりのところで、やっとのことで笹にすがりついている露を「風待つ露」と表現した。それは余命幾ばくもない自身のたとえである（実際に俊成が亡くなるのは九一歳だが）。消えずに持ちこたえているのは、「このひとふし」――定家の中将転任のことが気がかりだからなのだ、と訴えている。

*『家長日記』によると、この歌が詠まれた時は、京官除目《じもく》の時期ではなかったので、そのままになるが、その後、後鳥羽院から定家の中将転任を許す旨の返歌があったという。

　*小笹原変はらぬ色の一節も風待つ露にえやはつれなき

*正徹《しょうてつ》は俊成歌の特色を「物哀体《ものあわれてい》」とし、掲出歌をその代表例と見た。

く」は「露」の縁語。

*範光―一一五四～一二一三。藤原。範兼の息子。後鳥羽天皇乳母の卿二位兼子の兄。後鳥羽院政で近臣として権勢をふるった。

*家長日記―『新古今集』の成立に深く関わった後鳥羽院近臣の源家長の回想記。

*小笹原……―小笹原が色を変えないように、息子のことを一途に心配している。その風を待つ露のようなあなたに対して、どうして冷たくできようか。

*正徹は……―歌論書『正徹物語』の言。物哀体は生得のものとした。正徹は定家に傾倒した室町前期の歌人。正徹以外では『定家十体』（→10番歌）がこの歌を「有心様《うしんよう》」とする。

46

ももたび浦島の子は帰るとも藐姑射《はこや》の山はときはなるべし

【出典】千載集・賀・六二六

何度も何度も浦島の子が仙界から帰ってきたとしても、藐姑射の山が常緑のままであるように、後白河院の仙洞御所は変わらず栄え続けているに違いない。

「右大臣家百首」*の「祝」題で詠まれた後白河院の治世を言祝《ことほ》ぐ歌である。

「浦島の子」（浦島子《うらしまこ》）は、昔話「浦島太郎」のもととなった伝承中の人物である。当時、この伝承には高い関心が寄せられていて、院政期に成立した歌学書*で盛んに取り上げられている。伝承には数パターンあるが、歌に詠まれる場合は、浦島子が「箱」を「開け」て悔やむ、ということに関心が集中し、それ以外の点はほとんど取り上げられない。たとえば、もっともよく知

【語釈】○ももたび―百千度。度数のとても多いこと。○浦島の子―『日本書紀』『丹後国風土記』（逸文）に見えるのが早く、和歌では『万葉集』（巻九）の高橋虫麻呂の作が早い。○藐姑射の山―「はこや」に「箱」が掛かって、「浦島の子」

られていたのは、『拾遺集』(夏)に載る次の中務の歌である。

*夏の夜は浦島の子が箱なれやはかなくあけて悔《くや》しかるらん

ただ、こうした歌ことばのあり方は、詠み方がかなり限定されるので、「浦島の子」の詠歌例はそれ程多くない。俊成は、関心は高いけれども詠みにくい歌ことばを意識的に取り上げているのだ。さらに言えば、浦島子の伝承は、「悔し」「*恨み」などの言葉と結びつきやすいため、「祝」題で取り上げるのは、なおさら難しい。「箱」を「開ける」ことから離れて、浦島子の帰還を詠んでいるのは、否定的な言葉に結びつかないための工夫だろう。

俊成の工夫はそれだけではない。当時、浦島子が訪れたのは、竜宮城ではなく、中国の神仙思想で説かれる仙境、*蓬莱《ほうらい》だと考えられている。下句の「藐姑射の山」は、掲出歌では*上皇の御所の意味だが、もともとは神仙思想で不老不死の仙人が住んでいるとされた山の名で、これも歌学書で解説される歌ことばである。つまり、浦島子が仙界から帰ってくると、そこにも永遠を約束された仙洞御所があり、浦島子が何度仙界と往還しても栄え続けているという壮大な時間的スケールの言祝ぎの歌なのである。

俊成は掲出歌を『千載集』に撰入するが、その下命者は後白河院だった。

の縁語。○ときは―常緑の意と、永久に続くことの意の掛詞。

*右大臣家百首―→06番歌

*歌学書―『俊頼髄脳』『綺《き》語《ご》抄』『和歌童蒙《どうもう》抄』など。

*夏の夜は…―夏の夜は浦島子の箱なのか。だから、あっという間にあけて(開けて、明けて)悔しい気持ちがするのだろう。

*恨み―「浦見」と掛詞となる。たとえば、「忘らるな浦島の子が玉匣《たまくしげ》あけてうらみんかひはなくとも」(和泉式部集)。

*蓬莱―渤海湾に面した山東半島のはるか東方の海中にあり、不老不死の仙人が住むと伝えられた。蓬莱山。

*上皇の御所―「仙洞御所」という異称も、仙人の住むところが原義。

47

いたづらにふりぬる身をも住吉の松はさりともあはれ知るらん

【出典】千載集・神祇・一二六三

むなしく年月を重ねてきたこのわたしの身のことも、いくらなんでも住吉の松―住吉の神はあわれと思ってくださるだろう。

嘉応二年（一一七〇）一〇月九日に、*藤原敦頼《あつより》が主催して住吉社に奉納した『*住吉社歌合』のために詠まれた一首。題は「述懐」。歌合で俊成は判者も務めている。*住吉の神は平安末には歌神として信仰を集めていた。

俊成は、当時、五七歳。歌合で判者を依頼されるのは、歌人として一目置かれていることの証《あかし》。これ以前、五四歳で正三位に叙され、養子先から本流に復して顕広から俊成へと改名していた。しかし、官途は望んだようなもの

【語釈】○住吉―摂津国の歌枕。現在の大阪市住吉区。住吉大社がある。○ふりぬる―年をとった。

*藤原敦頼―平安末に活発に活動した歌人。この後、出家して、法名道因。

*住吉社歌合―社頭歌合として画期となる歌合。参加歌

ではなかった。その無念さが「いたづらにふりぬる身」には込められている。

住吉に生える「松」は早くから歌に詠まれている。『拾遺集』（神楽歌）には、住吉社に参詣して詠まれた次のような歌が見える。

天降《あまくだ》る現人神《あらひとがみ》の相生《あひおひ》を思へば久し住吉の松　（安法法師）

我《われ》とはば神代のことも答へなん昔を知れる住吉の松　（恵慶法師）

「住吉の松」は、神が天降《あまくだ》って来た時から神とともにあるもので、神代の昔のことも知る神聖な存在である。その松に、あわれんでほしいと願うことは、住吉の神の加護を願うことと同じ意味を持つ。

歌合では、やはり官界での不遇を嘆く藤原実定*の次の歌とつがわれた。

数《かぞ》ふれば八年《やとせ》経にけりあはれ我《わ》が沈みしことは昨日と思ふに

俊成は判詞で、実定の歌を「心姿*」がすばらしいと激賞しつつも、自分の歌は、上句は平凡だが下句には少し心がうまく込められている、と控えめに自信をのぞかせる。一〇年余り後、『千載集』には実定の歌と並べて撰入した。

そして、二〇年後*、七七歳になって俊成は次のような歌を詠んでいる。

*憂《う》きながら久しくぞ世を過ぎにけるあはれやかけし住吉の松

何はともあれ、長命を保てているのは神の加護によると思えたのだろう。

人五〇人。「社頭月」「旅宿時雨」「述懐」の三題。「述懐」題では歌人は私的な祈願を詠んだ。

*住吉の神――当初は航海安全の神、軍神。俊成は和歌の神として篤く信仰した。

*藤原実定――→17、19番歌。

*心姿――「心」は和歌の意味内容。「姿」は一首全体のあり方。俊成は歌の姿を重視した。→解説

*二〇年後――文治六年（一一九〇）『五社百首』のうち住吉社に奉納された百首中の一首。後に『新古今集』（雑下）に入集。

*憂きながら……――つらいながらもずいぶん長くこの世で過ごしてきたよ。住吉の松が憐れみをかけてくださったのだろうか。

48

春日野のおどろの道の埋《むも》れ水末《すゑ》だに神のしるしあらはせ

【出典】新古今集・神祇・一八九八

春日野の藪道の陰を流れる埋れ水のように、藤原氏の公卿の中で沈淪してきたわたしですが、せめてその流れの末、子孫に対しては、春日明神の霊験をあらわしてください。

【語釈】○春日野―大和国の歌枕。現在の奈良市奈良公園一帯の野。春日大社がある。○おどろ―茨など棘のある草木。

「右大臣家百首」*で「述懐」題で詠まれた一首。前歌（47番歌）の八年ほど後、その間に大病と出家があった。この歌で不遇を訴えている春日明神は藤原氏の氏神で、「春日野」に鎮座する。「おどろの道」は、漢語で公卿のことを「棘路《きよくろ》」と言ったため、公卿の世界を表している。そこを流れる「埋れ水」。この歌ことばは秘めた恋心の比喩として用いられていたが、俊成は沈淪する自身の比喩として転用し、藪の陰に隠れて流れるものとした。

*右大臣家百首―↓06番歌

俊成は、三五年ほど前、一一〇代後半の「述懐百首」でも、「おどろの道」の「下蕨《したわらび》」に自身をたとえて、不遇を嘆いている。

嘆かめやおどろの道の下蕨跡を尋ぬる折にしありせば　（長秋詠藻）

出家後に詠まれた掲出歌では、我が身の出世はもう望むべくもなく、せめて子孫だけは栄達してほしいという願いを込めている。

後に悲願である家格再興への道筋には明るい光が射してくる。定家は後鳥羽院の近臣となり、歌壇で大活躍して、「和歌の家」という家職《かしよく》が確立する。しかし、定家が参議に任じられたのは、俊成が亡くなって一〇年余り後のことであった。その際、藤原頼実《よりざね》は、俊成が生前掲出歌を詠んでいたことを思い出して、定家にお祝いの歌を贈っている。

いにしへのおどろの道の言《こと》の葉を今日こそ神のしるしとは見れ　（続後撰集・神祇）

定家が権中納言に昇るには任参議からさらに一八年を要し、羽林家として家格が確立するのは、その息子為家の代のことだ。為家には次の歌がある。

春日野の昔の跡の埋れ水いかでか神の思ひ出《い》でけん　（為家集）

父、祖父の努力、そして春日明神の加護があってこそと考えたのだろう。

*述懐百首――→20番歌

*嘆かめや……――茨の下の蕨のように沈淪するわたし。祖先の跡を継ぐことができたなら嘆きはしないのに。

*後に……――→45番歌

*藤原頼実――一一五五～一二二五。左大臣経宗の息子。この時、従一位前太政大臣、六〇歳。

*いにしへの……――あなたの父俊成が、その昔、子孫の栄達を神に祈った言葉が、今日こそ霊験としてあらわれたのを見ました。願いがかなえられましたね。

*春日野の……――その昔、祖先は春日野の埋れ水のように沈淪していたのに、どうして春日明神は思い出してくれたのだろうか。

49 契《ちぎ》りおきし契りの上に添へ置かむ和歌の浦路《うらぢ》の海人《あま》の藻塩木《もしほぎ》

【出典】新勅撰集・雑二・一一九七

あなたと固く約束した「二世《にせ》の契り」の上に、さらに和歌の浦路に海人が積む藻塩木のような、わたしのつたない歌合判詞を添え置いて、あなたと*結縁《けちえん》いたしましょう。

文治元年（一一八五）頃、*西行は伊勢神宮の内宮《ないくう》に奉納するため*自歌合《じかあわせ》『御裳濯河《みもすそがわ》歌合』を編んで、俊成に判を依頼した。折しも俊成は『千載集』の*撰集下命を受けていて、歌合判を断って、勅撰集を完成できるよう神に起《き》請《しょう》していた。しかし、西行の依頼を俊成は引き受ける。そして、判詞を完成させて西行に歌合を送り返す際に、巻末に書き添えたのが掲出歌である。

判を引き受けた理由を、俊成は『御裳濯河歌合』一番判詞に次のように記

【語釈】○契り―固く将来を約束すること。ここでは西行と結縁することも意味する。○和歌の浦路―和歌の浦は紀伊国の歌枕。和歌三神の一つ衣通姫《そとおりひめ》を祀る玉津島神社がある。ここでは「路」を添えて「歌道」を寓意。○藻塩木―藻塩を焼

している。西行とは若いときからとても親しく、「二世の契り」——来世までも親交を結ぼうと約束していた。お互い年老いて、西行は都から遠く離れてしまったが、昔の約束を朝夕忘れることはない。さらに、この歌合はふつうの歌合ではないと西行がしきりに言っていると聞いた。それで、つたないながら判詞を書き付けることにした、というのである。

　ふつうの歌合ではない、というのは、伊勢の神に捧げる自歌合であることを言うのだろう。そこに西行が深遠な願いを込めていることも俊成はわかっていたはずだ。歌合巻末には、さらにもう一首添えている。

　*この道の悟りがたきを思ふにも蓮《はちす》開けばまづ尋ね見よ　（俊成家集）

西行を宗教者として深く信頼し、自身の往生の願いを託しているのである。

一方、西行は伊勢神宮の外宮《げくう》に奉納する自歌合『宮河歌合』も結番して、判を定家に依頼した。若い定家は判を書きあぐねるが、何とか完成させて、次の歌を巻末に添えて西行に届けた。西行没のわずか半年前のことだった。

　*山水の深かれとても書きやらず君に契りを結ぶばかりぞ　（拾遺愚草）

直後に定家は左少将になり、その後従四位下《じゅしいげ》にも叙された。それを定家は西行との結縁《けちえん》のおかげと感じて、畏敬の念をもって家集に書き留めている。

く時に用いる薪。ここでは、判詞の喩。藻塩草が詠草の喩であることから言う。藻塩は、海水を注いだ海藻（藻塩草）を焼いて水に溶かし、煮詰めて精製。

*結縁―未来に成仏する機縁を作ること。

*西行―↓35番歌

*自歌合―自身の歌を左右に番えて歌合としたもの。

*撰集下命―寿永二年（一一八三）二月。↓解説

*この道の…―仏道を悟ることの難しさを思うにつけ、もしあなたが悟りを得たならば、まずわたしを尋ねて悟りへと導いてください。

*山水の…―山水のように深いあなたの歌を、さらに深くなるような判詞をわたしは書けませんでした。ただ、このことで聖であるあなたと結縁することを願っているのです。

50

さらにまた花ぞ降りしく鷲《わし》の山法《のり》の筵《むしろ》の暮れ方《がた》の空

【出典】千載集・釈教・一二四六

普賢菩薩《ふげんぼさつ》が東方からやって来ると、夕暮れの空から、さらにまた蓮華が降り敷くことだ。霊鷲山《りようじゆせん》で釈迦が説法される法華会が終わろうとする頃に。

【語釈】○鷲の山―霊鷲山のこと。古代インドのマガダ国の首都、王舎城の東北にあった山。釈迦が法華経を説いた所として著名。○法の筵―法筵。説法の席。

「右大臣家百首」*の「釈教《しやつきよう》」題で、『法華経』末尾の第二十八品「普賢菩薩勧発品《かんぼつぽん》」*（普賢品）に拠って詠まれた歌である。普賢品は、普賢菩薩が大勢の菩薩を伴って釈迦が説法する霊鷲山に現れるところから始まる。『長秋詠藻』によれば、掲出歌はその冒頭部分の以下の句に拠っている。

従東方来、所経諸国、普皆震動、雨宝蓮華

普賢菩薩は東方から国々を経てやって来る。通過した諸国はみな震動して宝

*右大臣家百首―→06番歌
*普賢菩薩勧発品―略して普

の蓮華が雨のように降り注いだ。霊鷲山では釈迦が法華経を講じている時に、すでに「*法《のり》の花」は散り敷いているので、普賢菩薩の登場で「さらにまた」蓮華が降り敷くと掲出歌では歌うのである。

経文には、普賢菩薩が夕暮れにやって来たという描写はない。法会の最後の頃になって現れたので「暮れ方の空」と詠むのだろう。そうすると、当然この表現が夕暮れの空を想起させる。釈迦が説法する霊鷲山に、雨のように降り注ぐ蓮華、大勢の菩薩とともにやって来た普賢菩薩、それが夕暮れの空のもとであることで、より一層、陶酔感が強まるように感じられる。

普賢品は、釈迦が入滅した後にも、普賢菩薩が*法華経行者《ぎょうじゃ》を守護するということを説いている。俊成は『法華経』を深く信仰し、なかでもこの普賢品を重んじていた。掲出歌を詠んだ時、六四歳。それから四半世紀以上の長寿を保って、九一歳で娘たちに見守られながら亡くなった。その一部始終が定家の『*明月記』に記されている。いよいよ臨終という時に、俊成は暗唱していた普賢品を滞りなく読経し、しばらくして「死ぬべくおぼゆ」と言って念仏して来世へと旅立ってゆく。年齢と言い、その精神力と言い、驚くほかない。俊成の脳裡には最期に何が浮かんでいたのだろうか。

賢品、勧発品とも。普賢菩薩は白象に乗った姿で知られる。

*法の花―『隆信集』に「法華経講ずる所にて」として「草木まであまねくかけし種しあれば法の花咲く今日の庭かな」という歌がある。

*法華経行者―法華経を受持して読誦し、正しく理解する者のこと。法華経行者は臨終の普賢品読誦で往生できるとされた。

*明月記―元久元年（一二〇四）一一月三〇日条。

【補説】俊成臨終記事で「普賢品」は従来「普門品」と解釈されてきたが、中川博夫「普賢品を覚悟すること」（『明月記研究』一一、二〇〇七・一二）が定家自筆本によりその誤りを訂した。

歌人略伝

藤原俊成は、永久二年（一一一四）、権中納言俊忠《としただ》の息子として誕生した。祖父は大納言忠《ただ》家《いえ》。その家系は御子左家《みこひだりけ》と称されている。母は伊予守敦家《あついえ》の娘。わずか一〇歳で父と死別したことが、以後の貴族としての人生に大きな影を落とす。姉の夫葉室顕頼《はむろあきより》の養子となり、「顕広《あきひろ》」と名乗った。二〇代初め頃から歌人として活動を始めて、二〇代後半で「述懐百首」を詠み、三〇代後半では崇徳院《すとくいん》に認められて『久安百首』を詠進した。この間、私生活では藤原為忠《ためただ》の娘と結婚して子を儲けたが、三〇代前半で、藤原親忠《ちかただ》の娘（美福門院加賀）と苦しい恋愛を経て結婚。多くの子女が生まれ、中でも四九歳の時に誕生した定家は、長じて新古今歌壇を牽引する歌人になった。五四歳でやっと本流に復して、「俊成」と改名。この頃から多くの歌合の判者として迎えられるようになる。ただし、俊成の名で活動したのは一〇年ほど。官吏としては非参議《ひさんぎ》正三位皇太后宮大夫《こうたいごうぐうだいぶ》で終わった。六三歳で大病を患って出家したのである。法名「釈阿《しゃくあ》」。五条に邸があったため「五条三位入道」と称される。しかし、この後約三〇年、歌人として精力的に活動する。出家後間もなく、摂関家である九条家の和歌師範に迎えられたことは幸運だった。源平の争乱を経て、後白河院下命の七番目の勅撰集『千載集』を七〇代半ばで奏覧。八〇代で『六百番歌合』判詞、歌論書『古来風体抄《こらいふうていしょう》』の執筆と、驚異的な活躍を見せる。「和歌の家」の跡継ぎと見定めた定家を引き立てるため奮闘もしている。後鳥羽院歌壇では重鎮として存在感を見せた。九〇歳で後鳥羽院から九十賀宴を賜り、元久元年（一二〇四）、九一歳で子女に見守られながら穏やかに息を引き取った。

略年譜

和暦	西暦	歳	藤原俊成の事跡	歴史事跡
永久二	一一一四	1	誕生。	
保安四	一一二三	10	父俊忠没（53歳）。葉室顕頼の養子となる。初名顕広。	
大治二	一一二七	14	従五位下に叙せられる。	『金葉集』三奏本奏覧か。
長承元	一一三二	19	息子の覚弁誕生。	
三	一一三四	21	この頃『為忠家初度百首』に出詠。	
保延元	一一三五	22	この頃『為忠家後度百首』に出詠。	
四	一一三八	25	この頃、基俊（85歳）に弟子入り。	
五	一一三九	26	母敦家女没（61歳前後）。	
六	一一四〇	27	この頃「述懐百首」を詠歌。	佐藤義清出家。法名西行。
久安四	一一四八	35	養父顕頼没（55歳）。	
六	一一五〇	37	『久安百首』詠進。	
仁平元	一一五一	38	『詞花集』に一首入集。	『詞花集』撰進か。

三	一一五三	40	『久安百首』部類本完成。	
応保二	一一六二	49	息子の定家誕生。	
仁安元	一一六六	53	大嘗会和歌詠進。従三位に叙せられる。	一一五六保元の乱。崇徳院讃岐に配流。 一一五九平治の乱。
二	一一六七	54	正三位に叙せられる。本流に復し俊成と改名。	
安元二	一一七六	63	9・28重病により出家。法名釈阿。	
治承二	一一七八	65	兼実の歌の師となる。『長秋詠藻』を守覚に進覧。『右大臣家百首』を追詠進。	
三	一一七九	66	10『右大臣家歌合』出詠、後日加判。	一一八〇内乱期に突入。
寿永二	一一八三	70	2後白河院より『千載集』撰集下命。	7・25平家都落。
文治元	一一八五	72	11定家、殿上で闘諍、除籍。この頃西行から『御裳濯河歌合』加判依頼。	3・24平家滅亡。この年、鎌倉幕府成立。
三	一一八七	74	9・20『千載集』形式的奏覧。実質的完成は翌年5・22。	

建久元	一一九〇	77	3「五社百首」詠歌。9「花月撰歌合」成立。	2・16西行没（73歳）。
四	一一九三	80	2・13妻の美福門院加賀没。『六百番歌合』加判。	この頃、俊恵没。
八	一一九七	84	『古来風体抄』初撰本成立。	
九	一一九八	85	孫の為家誕生。『御室五十首』詠進。この頃『慈鎮和尚自歌合』加判。	
正治二	一二〇〇	87	『正治奏状』執筆。定家『正治二年院初度百首』詠進。	
建仁元	一二〇一	88	『古来風体抄』再撰本成立。『千五百番歌合』百首詠進、加判。和歌所寄人となる。	1・25式子没（53歳）。11・3後鳥羽院、定家らに『新古今集』の撰集下命。
三	一二〇三	90	11・23後鳥羽院より九十賀宴を賜る。	
元久元	一二〇四	91	11・30没。	

解説　「詩心と世知と」――渡邉裕美子

はじめに

藤原俊成の歌を手軽に読める本というのは、現在のところ、意外なほど少ない。俊成は和歌の歴史に大きな足跡を残した歌人だが、「俊成」という名前は聞いたことがある（ような気がする）、だけど、よく知らない、という方が、断然多いのではないだろうか。

俊成の歌の中で、もっともよく知られているのは、恐らく『百人一首』の、

世の中よ道こそなけれ思ひ入る山の奥にも鹿ぞ鳴くなる（本書39番歌）

だろう。人生への深い洞察にもとづいた歌だが、どちらかと言えば暗く重い歌でもある。俊成の歌の印象が、もし、この一首で決まってしまっているとしたら、とても残念に思う。

俊成には、華やかな景色にどこか切ない情感を絡ませた歌や、激しい恋心を情熱を込めて詠んだ歌などがあって、さまざまな輝きをはなっている。本書では、そんな俊成の歌のうち五〇首を選んで紹介した。

中世の和歌を読むために

和歌の歴史の中では、一二世紀初め頃から題詠の時代が本格的に始まっている。俊成が生

きたのは、この題詠中心の時代。本書で取り上げた五〇首も題詠が三分の二を占める。「花」や「鳥」の歌、「旅」の歌はすべて題詠。「恋」の歌でも半分以上が題詠である。俊成や定家がよしとする歌を選ぶと、自然と題詠歌が多くなった。

題詠では、事前に設定された「梅」や「初恋」といった題によって歌を詠む。長い和歌の伝統の中で、それぞれの題には「本意《ほい》」(美的本質)が形成されており、歌人たちの間で共有されていた。本意を意識しながら一首を作り上げるのであるから、題詠は基本的に虚構詩となる。〈うた〉というものは、一回限りの人生の中で、その時々のナマの感情が歌われるものと考えていると、違和感があるかもしれない。俊成の時代の人々も、そうした人生に密着した歌の価値を認めていなかったわけではない。しかし、ひとかどの歌人と呼ばれる者たちが目指したのは、題詠という虚構の枠組みの中で、夾雑物のない真に美しい情景や、幻想的な世界、人間存在への深い洞察を、細心の注意をはらって、たった三十一文字《みそひともじ》の言葉で構成して見せることだった。だから、題詠歌の中の〈わたし〉は、俊成とイコールでは結ばれない。

ただし、微妙なところもある。本書の歌の中でも、実際に恋人に贈られた歌(27)が題詠歌として用いられていたり、題詠歌なのに現実の俊成の声が重なって聞こえることがしばしばある。

俊成の「家」の問題

もう一つ、現代人に理解しがたいのは、俊成の家格へのこだわりだろう。芸術家なのに、なぜそのような世俗的なことにあくせくするのか、と。

これには当時の時代背景を考える必要がある。一一世紀末から約一〇〇年続いた院政期に、氏《うじ》から家が形成されて、それが中世社会の基本的な枠組みになる（五味文彦・二〇一六）。俊成が生きたのは、まさしくこの家が形成されていく時代なのである。俊成が、祖父の大納言忠家の時代の羽林家《うりんけ》の家格の復興のために奮闘しなければ、俊成の子孫たちはワンランク下の諸大夫層《しよだいぶ》に甘んじて終わったかもしれない。同世代の俊恵《しゆんえ》の六条源家も祖父大納言源経信《つねのぶ》、父俊頼《としより》ともども著名な歌人で、「和歌の家」として存続する可能性があった。しかし、俊恵は自由な境涯の歌僧として活動する道を選び、結果として六条源家は跡絶えてしまった。俊成の御子左家《みこひだりけ》は長らく歌壇の中心にあって、紆余曲折はありつつも現代の冷泉家まで命脈を保ち、貴重な古典籍をはじめ多くの文化財を伝えている。

「和歌の家」を興す

御子左家の家格の復興は、家職《かしよく》の確立と強く結びついていた。俊成が和歌を家職とすることを目指したとき、「和歌の家」として先行して社会に認められていたのが、六条藤家である。白河院近臣だった藤原顕季《あきすえ》の時代から活動を始め、息子の顕輔《あきすけ》は六番目の勅撰集『詞花集《しかしゆう》』撰者、俊成と同時代には顕季孫の清輔《きよすけ》を代表として多くの歌人を擁し、一大勢力を誇っていた。その六条藤家は諸大夫層である。六条藤家とは異なる独自性を主張し、その上に立つためにも羽林家の家格が必要だったのではないだろうか。

そんな活動を展開している矢先、俊成は大病して出家した。ところが奇跡的に快復して、六五歳で摂関家である九条家の兼実に和歌の師として迎えられた。その前にその立場にいたのは清輔だったが、亡くなったのである。清輔七〇歳。ここで運命が交差している。清輔は、生前、勅撰集の撰者になることを切望したが、その願いはかなわなかった。下命者の二条天皇の崩御という不運に見舞われたのである。一方の俊成は源平争乱の時代をくぐりぬけて、後白河院から七番目の勅撰集の撰集下命を受けて七〇代半ばで『千載集』を奏覧した。このことは御子左家が「和歌の家」として存立するためにとても大きな出来事だった。

息子の定家は、若き日々を九条家歌壇で切磋琢磨して歌人として華開いてゆくが、その〈場〉を準備したのも俊成だった。その後、後鳥羽院歌壇が始動する時には、六条藤家は院主催の『正治二年院初度百首』から定家を排除することを画策するが、俊成は『正治奏状』を執筆して院に直談判し、定家を人数に入れることに成功している。この時、俊成八七歳。定家は後鳥羽院歌壇の中心的存在となり、御子左家は六条藤家を圧倒してゆく。

俊成は「和歌の家」を興し、存続させるために戦略的に動き、時には闘っている（『正治奏状』で六条藤家の歌人を非難する口吻の激しさには驚かされる）。また、鴨長明の『無名抄』が描く俊成像は老獪《ろうかい》でもある。そうした世知に長けた一面と、人並み優れて繊細な言語感覚や、情感豊かな歌を生み出す詩心が、俊成の中で絶妙なバランスを保って同居しているのであろう。

理論家としての俊成

俊成は、歌人として秀でているだけでなく、理論家でもあった。俊成の業績として忘れてならないのが、『古来風体抄《こらいふうていしょう》』や『六百番歌合』判詞《はんし》など晩年の歌論的著述である。『古来風体抄』は、幸いなことに冷泉家に自筆本が伝来していて、俊成の筆の跡を見て、その息づかいを感じることができる。ここで、仏教思想ともかかわる、複雑で深遠なその内容について詳述する余裕はないので、歌の理想を述べた部分を少しだけ挙げておこう。

歌はただよみあげもし、詠じもしたるに、何となく艶にもあはれにも聞こゆる事のあるなるべし。もとより詠歌といひて、声につきて善《よ》くも悪《あ》しくも聞こゆるものなり。

ごく簡単に言ってしまえば、歌が読み上げられた時に一首全体としてどのように響くかということを重視しているのである。また、引用箇所に続く部分では歌の「姿」（「心」と「ことば」の統合体として一首の表現の様相）を理解する重要性を説いている。一方、『六百番歌合』は、御子左家と六条藤家が直接対決した九条家歌壇の催しで、俊成は歌の優劣を判定する判詞を執筆した。俊成が歌を批評する際の切り口は独特で鮮やか。歌を評価する用語（一般的には「幽玄」がよく知られている）は、従来にはない多様さを見せて奥深い。

『古来風体抄』冒頭は、

倭歌《やまとうた》の起こり、そのきたれること遠いかな。

と始まる。この一文には、歌人として半世紀以上を生き抜いてきた老俊成の和歌の伝統に対する万感の思いがこもっているように思えてならない。俊成は（そして跡を継いだ定家も）、王朝和歌の伝統をとても大切にしている。本書の歌の鑑賞で示したように、俊成は和歌の伝統の中で高度に洗練された歌ことばのネットワークを巧みに利用して歌を紡いでいる。古典主義と言ってよい。しかし、それは伝統を墨守するという意味での悪しき古典主義ではなかった。俊成は歌ことばのネットワークにしばしば揺さぶりを掛け、新たな結び目を構築している。そんな俊成の言語感覚に立脚した『古来風体抄』や『六百番歌合』をはじめとする歌合判詞は、パラダイムシフトを引き起こす新しさを持っていた。

俊成の家集

個人の歌を集めた歌集を古くは「家《いえ》の集」と言い、現在は「家集《かしゅう》」または「私家集《しかしゅう》」と呼んでいる。俊成自身が自分の歌を編集した家集は、次の三種類が残されている。

1　長秋詠藻《ちょうしゅうえいそう》　約四八〇首
2　俊成家集　約三九〇首＋「五社百首」など
3　保延《ほうえん》のころほひ　三五首

1の『長秋詠藻』は、治承二年（一一七八）、出家直後の六五歳の時に守覚法親王《しゅかくほっしんのう》の求めに応じて編纂された。2の『俊成家集』は、その四、五年後、七〇歳頃に『長秋詠藻』を編纂し直した基本部分に、「五社百首」など新作歌を加えたもの。『千載集』撰集の過程で編纂されたものか。草稿のまま子孫に残された。1、2とも歌が増補された形で伝来するが、俊成が編纂した基本部分の歌数は、示したような数になる。3の『保延のころほひ』は、それからまた四、五年後に、『俊成家集』から歌を抜き出したもの。1、2とは性格が異なる小歌集だが、きちんと構成されている。この家集名は巻頭歌の詞書の書き出しに拠る仮称である。

俊成の百首歌

俊成の時代、百首を一つのまとまりとする百首歌《ひやくしゆうた》という形で歌がよく詠まれた。『長秋詠藻』上巻は初めに崇徳院に奉った『久安百首』を収め、次に「述懐百首」が続く。また、『俊成家集』下帖には、伊勢・賀茂・春日・日吉・住吉の各社に奉納した「五社百首」五百首を収めていた（現存本では多くが脱落）。

家集に収められた百首歌の他に、俊成が詠んだ百首歌やその半分の歌数の五十首歌として次のようなものがある。

『為忠家初度百首《ためただのいえのしょど》』『為忠家後度百首《ごど》』…藤原為忠主催。為忠は俊成の岳父。

「右大臣家百首」…藤原兼実主催。
『御室《おむろ》五十首』…守覚法親王主催。
『正治二年院初度百首』…後鳥羽院主催。
「院第三度百首」…後鳥羽院主催。結番されて『千五百番歌合』となり、判者も担当。

本書の歌の選び方と並べ方

この他、俊成には所どころの歌合で詠んだ歌や私撰集などに見える歌がある。その中から紹介する五〇首を選ぶのは至難の業。なるべく俊成自身が自信を持っていたと思われる歌や、息子の定家が父の代表歌と認めた歌を選ぶことにした。

そうして、前半は「花」や「鳥」など、歌によく歌われてきた景物ごとにまとめ、後半は「旅」「恋」「哀しみ」などといった、人が生きていく中で遭遇するさまざまな局面の歌をそれぞれまとめてみた。おおよそ勅撰集の「四季」「恋」「雑《ぞう》」の配列に準ずるけれども、そのままではなく、また、歌の詠まれた年代順に並べるようなことは敢えてしなかった。通読する本としてよりも、「花」の歌を読んでみたい、「哀しみ」の歌に浸ってみたい、というような時に、俊成の歌と出会いやすくすることを考えた。その思惑がはずれていなければよいのだが。

本書で触れ得たのは、とてつもなく大きな歌人俊成の、ごくごく一面に過ぎない。俊成が亡くなる直前に雪をほしがり、探し求められた雪を愛でつつ、家人が恐れをなして隠すほど、むさぼり食べたという、『明月記』に記される印象的なエピソードを、どこか歌の鑑賞に取り込もうと思いつつ果たせなかった。その他、書き漏らしたことは多い。それでも、ささやかな本書が、俊成の歌との幸福な出会いになったなら、こんなに嬉しいことはない。

俊成五条亭跡

俊成墓所内

読書案内

一般書

小山順子『和歌のアルバム　藤原俊成　詠む・編む・変える』（ブックレット〈書物を開く〉4　平凡社、二〇一七）

最新の研究成果を盛り込みながら、俊成が歌集の編纂に、文学的にどれだけ細やかな神経を使っていたかをわかりやすく解説した本。ほんの少し歌句や歌の配列が変わるだけで、大きな違いが生まれるということが具体的に示してある。

塚本邦雄『藤原俊成　藤原良経』（日本詩人選23　筑摩書房、一九七五）

歌人ならではの感性と観点で俊成の歌を鑑賞しつつ、その生涯をたどる。「架空九番歌合」という俊成と六条藤家の歌人の歌を歌合にして、寂蓮と顕昭の判詞を創作した、余人にはとても真似ができない一節もある。

主な専門書

山本一『藤原俊成　思索する歌びと』（三弥井書店、二〇一四）

俊成の和歌活動の特徴を、実作と批評活動を並行して、同じ重みで行なっていることと捉えて、批評活動のほうに焦点を当てて論じる。具体的には『古来風体抄』と歌合判詞を取り上げて、様々な角度から考察。

安井重雄『藤原俊成　判詞と歌語の研究』（笠間書院、二〇〇六）

書名のとおり歌合判詞と歌語に焦点を当てた論文集。判詞については、従来関心の高かった「幽玄」などの文芸評語ではない評語を考察対象とする。俊成が、その場で判定を下さず、自邸で思索をめぐらして判詞を執筆していた、など「目から鱗」の指摘が多い。

渡部泰明『中世和歌の生成』（若草書房、一九九九）

俊成の和歌や判詞、『古来風体抄』を丁寧に読解した上で、精緻で、しかもダイナミックな論を展開する。特に、表現の機微に触れた歌の読解が魅力的で、思わず引き込まれてしまう。近著の『中世和歌史論　様式と方法』（岩波書店、二〇一七）も重要。

藤平春男『藤平春男著作集』（第3巻歌論研究1、笠間書院、一九九八）

『歌論の研究』（ぺりかん社、一九八八）を根幹とした論文集。個人的に古典歌論を一から勉強した思い入れの深い一冊。古代から近世まで、重要な歌論書を時代順に取り上げる。歌論史の中で『古来風体抄』の特質や位置が見えてくる。

上條彰次『藤原俊成論考』（新典社、一九九三）

『六百番歌合』を中心に、俊成の歌評態度を論ずる。歌合判詞をどのような切り口で論じたらよいのか、その一つの方法を教えてくれる。

松野陽一『藤原俊成の研究』（笠間書院、一九七三）

俊成の和歌活動に関するすべての資料について、伝本の問題や成立過程などを考察。さらに、伝記上の重要な問題点について論じる。俊成のことを考えようとするならば、まず最初に手に取るべき一冊。

久保田淳『新古今歌人の研究』（東京大学出版会、一九七三）
俊成の家系・家族を押さえた上で、生涯を四期に分けて和歌を読解し、その意義などを論じていく。また、歌論として、『源氏物語』評論と『万葉集』に対する態度を取り上げる。やはり、俊成研究において必読の書。

谷山茂『藤原俊成　人と作品』（谷山茂著作集二、角川書店、一九八二）
所収論文の初出で言えば、昭和三〇～四〇年代のものが中心。一番古いものは、戦前の昭和一八年（一九四三）発表。詳細な年譜考証などは、いまだに色褪せない。

その他

五味文彦『文学で読む日本の歴史　中世社会編』（山川出版社、二〇一六）
歴史家の目で文学作品を扱いながら通史を叙述し、中世がどのような時代であったかを明らかにする。俊成が生きた時代や社会を、より広い視野から展望することができる。

テキスト

松野陽一・吉田薫『藤原俊成全歌集』（笠間書院、二〇〇七）
俊成研究の泰斗による全歌集の決定版。この一冊で俊成の詠んだ歌すべてを一覧できる。懇切な改題と初句索引も付載。

注釈書

檜垣孝『長秋詠藻全評釈』（武蔵野書院、下巻二〇一八）

川村晃生・久保田淳『長秋詠藻・俊忠集』（和歌文学大系22、明治書院、一九九八、長秋詠藻は川村校注）

『平安鎌倉私家集』（日本古典文学大系80、岩波書店、一九六四、長秋詠藻は久松潜一校注）

【著者プロフィール】

渡邉裕美子（わたなべ・ゆみこ）

1961 年生。早稲田大学大学院文学研究科博士後期課程退学（研究指導修了による）。現在、立正大学文学部教授。博士（文学）。
主な著書に『平家公達草紙』（共著、笠間書院）、『歌が権力の象徴となるとき―屏風歌・障子歌の世界―』（角川学芸出版）、『新古今時代の表現方法』（笠間書院）、『最勝四天王院障子和歌全釈』（風間書房）など。

藤原俊成《ふじわらしゅんぜい》　コレクション日本歌人選 063

2018 年 12 月 10 日　初版第 1 刷発行

著　者　渡邉裕美子

装　幀　芦澤泰偉

発行者　池田圭子
発行所　笠間書院
〒101-0064　東京都千代田区神田猿楽町2-2-3
NDC 分類911.08　電話03-3295-1331 FAX03-3294-0996

ISBN978-4-305-70903-5

組版：ステラ　印刷／製本：モリモト印刷

コレクション日本歌人選　第Ⅰ期〜第Ⅲ期　全60冊！

第Ⅰ期　20冊　2011年（平23）2月配本開始

1	柿本人麻呂	かきのもとのひとまろ	高松寿夫
2	山上憶良	やまのうえのおくら	辰巳正明
3	小野小町	おののこまち	大塚英子
4	在原業平	ありわらのなりひら	中野方子
5	紀貫之	きのつらゆき	田中登
6	和泉式部	いずみしきぶ	高木和子
7	清少納言	せいしようなごん	圷美奈子
8	源氏物語の和歌	げんじものがたりのわか	高野晴代
9	相模	さがみ	武田早苗
10	式子内親王	しょくしないしんのう（しきしないしんのう）	平井啓子
11	藤原定家	ふじわらていか（さだいえ）	村尾誠一
12	伏見院	ふしみいん	阿尾あすか
13	兼好法師	けんこうほうし	丸山陽子
14	戦国武将の歌		綿抜豊昭
15	良寛	りようかん	佐々木隆
16	香川景樹	かがわかげき	岡本聡
17	北原白秋	きたはらはくしゆう	國生雅子
18	斎藤茂吉	さいとうもきち	小倉真理子
19	塚本邦雄	つかもとくにお	島内景二
20	辞世の歌		松村雄二

第Ⅱ期　20冊　2011年（平23）10月配本開始

21	額田王と初期万葉歌人	ぬかたのおおきみ しよきまんようかじん	梶川信行
22	東歌・防人歌	あずまうた さきもりうた	近藤信義
23	伊勢	いせ	中島輝賢
24	忠岑と躬恒	みぶのただみね おおしこうちのみつね	青木太朗
25	今様	いまよう	植木朝子
26	飛鳥井雅経と藤原秀能	まさつね ひでよし	稲葉美樹
27	藤原良経	ふじわらのよしつね（りようけい）	小山順子
28	後鳥羽院	ごとばいん	吉野朋美
29	二条為氏と為世	にじようためうじ ためよ	日比野浩信
30	永福門院	えいふくもんいん（ようふくもんいん）	小林守
31	頓阿	とんな（とんあ）	小林大輔
32	松永貞徳と烏丸光広	ていとく みつひろ	高梨素子
33	細川幽斎	ほそかわゆうさい	加藤弓枝
34	芭蕉	ばしよう	伊藤善隆
35	石川啄木	いしかわたくぼく	河野有時
36	正岡子規	まさおかしき	矢羽勝幸
37	漱石の俳句・漢詩		神山睦美
38	若山牧水	わかやまぼくすい	見尾久美恵
39	与謝野晶子	よさのあきこ	入江春行
40	寺山修司	てらやましゆうじ	葉名尻竜一

第Ⅲ期　20冊　2012年（平24）6月配本開始

41	大伴旅人	おおとものたびと	中嶋真也
42	大伴家持	おおとものやかもち	小野寛
43	菅原道真	すがわらみちざね	佐藤信一
44	紫式部	むらさきしきぶ	植田恭代
45	能因	のういん	高重久美
46	源俊頼	みなもとのとしより（しゆんらい）	高野瀬恵子
47	源平の武将歌人		上宇都ゆりほ
48	西行	さいぎよう	橋本美香
49	鴨長明と寂蓮	ちようめい じやくれん	小林一彦
50	俊成卿女と宮内卿	しゆんぜいきようじよ くないきよう	近藤香
51	源実朝	みなもとのさねとも	三木麻子
52	藤原為家	ふじわらためいえ	佐藤恒雄
53	京極為兼	きようごくためかね	石澤一志
54	正徹と心敬	しようてつ しんけい	伊藤伸江
55	三条西実隆	さんじようにし さねたか	豊田恵子
56	おもろさうし		島村幸一
57	木下長嘯子	きのした ちようしようし	大内瑞恵
58	本居宣長	もとおりのりなが	山下久夫
59	僧侶の歌	そうりよのうた	小池一行
60	アイヌ神謡ユーカラ		篠原昌彦

推薦する――「コレクション日本歌人選」

篠　弘

●伝統詩から学ぶ

啄木の『一握の砂』、牧水の『別離』、さらに白秋の『桐の花』、茂吉の『赤光』が出てから、百年を迎えようとしている。こうした近代の短歌は、人間を詠みうる詩形として復活してきた。しかし、実生活や実人生を詠むばかりではなかった。その基調に、己が風土を見つめ、豊穣な自然を描出するという、万葉以来の美意識が深く作用していたことを忘れてはならない。季節感に富んだ風物と心情との一体化が如実に試みられていた。

この企画の出発によって、若い詩歌人たちが、秀歌の魅力を知る絶好の機会となるであろう。また和歌の研究者も、その深処を解明するために実作を始められてほしい。そうした果敢なる挑戦をうながすものとなるにちがいない。多くの秀歌に遭遇しうる至福の企画である。

松岡正剛

●日本精神史の正体

和泉式部がひそんで塚本邦雄がさんざめく。道真がタテに歌って啄木がヨコに詠む。西行法師が往時を彷徨して寺山修司が現在を走る。実に痛快で切実な組み立てだ。こういう詩歌人のコレクションはなかった。待ちどおしい。

和歌・短歌というものは日本人の背骨であって、日本語の源泉である。日本の文学史そのものであって、日本精神史の正体なのである。そのへんのことはこのコレクションのすぐれた解説を読まれるといい。

その一方で、和歌や短歌には今日のメールやツイッターに通じる軽みや速さや愉快がある。たちまち手に取れるし、目に綾をつくってくれる。漢字・旧仮名・ルビを含めて、このショートメッセージの大群からそういう表情をぞんぶんにも楽しまれたい。

コレクション日本歌人選　第Ⅳ期

第Ⅳ期　20冊　2018年（平30）11月配本開始

61	高橋虫麻呂と山部赤人	たかはしのむしまろとやまべのあかひと	多田一臣
62	笠女郎	かさのいらつめ	遠藤宏
63	藤原俊成	ふじわらしゅんぜい	渡邉裕美子
64	室町小歌	むろまちこうた	小野恭靖
65	蕪村	ぶそん	揖斐高
66	樋口一葉	ひぐちいちよう	島内裕子
67	森鷗外	もりおうがい	今野寿美
68	会津八一	あいづやいち	村尾誠一
69	佐佐木信綱	ささきのぶつな	佐佐木頼綱
70	葛原妙子	くずはらたえこ	川野里子
71	佐藤佐太郎	さとうさたろう	大辻隆弘
72	前川佐美雄	まえかわさみお	楠見朋彦
73	春日井建	かすがいけん	水原紫苑
74	竹山広	たけやまひろし	島内景二
75	河野裕子	かわのゆうこ	永田淳
76	おみくじの歌	おみくじのうた	平野多恵
77	天皇・親王の歌	てんのう・しんのうのうた	盛田帝子
78	戦争の歌	せんそうのうた	松村正直
79	プロレタリア短歌	ぷろれたりあたんか	松澤俊二
80	酒の歌	さけのうた	松村雄二